ফিরে আসা

ভালোবাসার বন্ধুত্ব – সিরীজ ১

স্পন্দন গাঙ্গুলি

"Phire Asha" :: Bengal Novel by Spondon Ganguli

Registered by Gov. of India. © 2020, Spondon Ganguli, in the name of Bhalobashar Bandhu. Registration No. L-95901/2020.

কৃতজ্ঞতা

সর্বপ্রথম পরমেশ্বরের কাছে নতোমস্তক হয়ে আশীর্বাদ প্রার্থনা করি। আমার পরম সৌভাগ্য যে বাবা মায়ের সাহায্য, মার্গদর্শন ও আশীর্বাদ সব সময় আমি পেয়ে এসেছি।

আমার শ্রদ্ধাঞ্জলি জানাই আমার শ্রদ্ধেয় দাদা ও বন্ধু প্রয়াত শ্রী পুস্পেন মুখার্জী এবং প্রয়াত শতদল লাহিড়ী কে। আমার আন্তরিক কৃতজ্ঞতা জানাই আমার সহধর্মিনী ও বন্ধু শ্রীমতি সোমাশ্রীর গাঙ্গুলিকে, যার সহযোগিতা আর নিরপেক্ষ মতামত আমাকে সব সময় সঠিক পথ দেখায়। তার সাহায্য শুরু থেকেই আমি আমার প্রতিটি লেখায় পেয়ে এসেছি।

অতঃ পর কিছু বিশিষ্টজনের নাম উল্লেখ করবো, যারা আমার শুভাকাঙ্খী এবং আমি তাদের বন্ধুরূপে পেয়ে কৃতজ্ঞ। তারা শুধু আমাকে তাদের মতামত দিয়ে আমার এই উপন্যাসটি সম্পূর্ন করতে সাহায্য করেছেন তাই নয়, বরং আমার যাবতীয় ভুল ক্রটি সংশোধন করার গুরুদায়িত্ব হাসিমুখে সময়-অসময় করে গেছেন, তাদের ব্যস্ততার মধ্যে থেকে সময় বার করে। এনারা হলেন – শ্রী জনার্দন ঘোষ, শ্রীমতি পাপিয়া ঘোষ আর আমার বান্ধবী এবং সহপাঠী শ্রীমতি বুমা ব্যানার্জী দাস। আপনাদের সাহায্য ছাড়া এই বইটি কোনো ভাবেই বাস্তবায়িত হতে পারতো না। আপনাদেরকে আমার আন্তরিক ধন্যবাদ।

আপনাদের সকলের কাছে আমি কৃতজ্ঞ রইলাম আর আশা করবো আগামী দিনেও আপনাদের সাহায্যপ্রার্থী।

~ স্পন্দন গাঙ্গুলি

স্বীকারোক্তি

এই কাহিনী সম্পূর্ণ মৌলিক।। আমার কল্পনা প্রসূত।। এ কাহিনীর সঙ্গে স্থান, কাল, চরিত্রে যারা রয়েছেন, তারা কেউ বাস্তবের নয়।। সম্পূর্ণ কাল্পনিক চরিত্র মাত্র।। এই কাহিনী দ্বারা কাউকে মানসিক ভাবে আঘাত দেওয়া আমার উদ্দেশ্য নয়।। তবুও কাকতলীয় ভাবে যদি কিছু মিলে যায়, তবে তা আমার ইচ্ছাকৃত নয়।। এরজন্য আমি সকলের কাছে প্রথমেই ক্ষমা চেয়ে নিলাম।।

আমার মূল কাহিনী সমকামিতার ওপর হলেও আমি এইই গল্পের মধ্যমে আর এক দিক ও সবার সামনে আমার নিজের মতন করে সবার সামনে উপস্থাপন করার চেষ্টা করেছি।। এই গল্প দুই চরিত্র "অরিন্দম ও রুপঙ্কর" এবং এদের দুই পরিবারকে নিয়ে।। এদের সমকামিতাকে নিয়ে যে সমস্যা তৈরি হয়েছে পরস্পরের পরিবারে, তা বলা যায় সমাজের এক অতি নগন্য শতাংশের সমস্যা হলেও কিন্তু এ সমস্যা আছে।। এ সমস্যার উত্তরণও সম্ভব যা আমি আমার মতন করে পাঠক-পাঠিকাদেরকে বোঝানোর চেষ্টা করেছি।।

সমকামিতা কোনও শারীরিক বা মানসিক ব্যাধি নয় তাই এর চিকিৎসা দ্বারা সমাধান খোঁজার চেষ্টা বৃথা। কিন্তু অদ্ভুত ভাবে দেখা যায়ে কাছের মানুষ বা পরিবার "সমাজ কি ভাববে" এই ভয় সমকামী মানুষটিকে একঘরে করেদি অথবা বিরত কোনও ভুল

পদখ্খেপ নিয়ে ফেলে। এই গল্পের মধ্যে দিয়ে আমি এই দিকটাও আমার মতন করে আলোকপাত করার চেষ্টা করেছি।।

আমার উদ্দেশ্য শুধু এই, যদি কোনো ভাবে সে রকম কোনো সমস্যা দেখা দেয়, তাহলে তা উত্তেজনা, রাগারাগি না করে আর শাস্তির পথে না গিয়ে, প্রথমত মানুষটিকে আপন করে নিয়ে শান্তভাবে এবং স্থীর মস্তিষ্কে, চিন্তার মধ্যে দিয়ে যেন আমরা তাদের সমস্যার সমাধানের পথ খুঁজে বারকরি।। তাতে কতগুলি মানুষ ও তাদের পরিবার জীবনের নতুন রূপ খুঁজে পায়ে।।

~ স্পন্দন গাঙ্গুলি

ভূমিকা

ভালোবাসা – কথাটি শুনতে যতটা সহজ লাগে আসলে ব্যাপারটি কি সত্যি ততটাই সরল? যখন এই ভালোবাসা দুটি মানুষের মধ্যে হয় আমরা প্রথমেই ভেবে বসি একটা ছেলে আর একটা মেয়ে পরস্পরকে ভালোবাসে, বা বলা চলে বিপরীত লিঙ্গের মানুষের মধ্যে এই ভালোবাসার অনুভূতি হয়। একজন পুরুষ একজন মহিলাকে বা একজন মহিলা একজন পুরুষকে ভালোবাসবে এটাই হওয়াটা স্বাভাবিক। কিন্তু সত্যি করে আপনারা ভেবে বলুন তো ভালোবাসা তো হয় দুটি মনের আর এই মনের কোন লিঙ্গ হয় কি? কিন্তু আমাদের সমাজ ও চারিপার্শ্বের পরিস্থিতি আমাদেরকে এমনটা ভাবতে দেয় না। তাই যখন একই লিঙ্গের দুজন মানুষের মধ্যে এই ভালোবাসা হয় সেটাকে আমরা স্বাভাবিক ভাবে মেনে নিতে পারি না। আর সমাজের চিন্তা ধরার বিপরীত সেই ভালোবাসা যাতে পরিণতি না পায় তার জন্য আপ্রাণ চেষ্টা করতে থাকি। কখনোই সেই দুটি মনের কথা একবারও ভেবে দেখি না আমরা।

লেখকের সাথে যোগাযোগ :-

Instagram: https://www.instagram.com/spondonganguli

ইমেল: ganguli.spondon@gmail.com

বিশিষ্টজনের মন্তব্য

আপাতদৃষ্টিতে একটি সাধারণ পারিবারিক গল্পের অছিলায় স্পন্দন বাবু আমদের স্পষ্ট চোখে দেখিয়েছেন সন্তান পালনের মূলে যে গভীর অসুখ লুকিয়ে রয়েছে। অনবদ্য কথা সাহিত্যের সুচারু শব্দ বিন্যাসে লেখক পিতা মাতার সামাজিক বিড়ম্বনা ও ক্ষুদ্রাতিক্ষুদ্র আত্মসম্মান রক্ষার্থে সন্তান সন্ততির ওপর চাপিয়ে দেওয়া বহুবিধ প্রতিবন্ধকতার মানসিক চাপ বা বোঝা অভূতপূর্ব রূপে তুলে ধরেছেন। গল্পের সারল্য পাঠককে যতটা আকর্ষণ করবে ততটাই বাধ্য করবে ভাবতে। আমি বিশ্বাস করি এই গল্প সর্বসাধারনের মন ছুঁয়ে যাবে অনায়াসে, কিন্তু তারও অধিক উপকৃত হবেন সেই সব অভিভাবক এবং যুবক যুবতী যারা এই যাপনচিত্রের সাথে পরিচিত।

ডঃ জনার্দন ঘোষ

অধ্যাপক ও বিশিষ্ট নাট্যব্যাক্তিত্ব

সুচিপত্র

দুই বন্ধু – অরিন্দম ও রূপঙ্কর। একই অ্যাপার্টমেন্ট থাকে। একজনের বাবা (সুবিমল সাহা) প্রোমোটর আর একজনের বাবা (স্বপ্নিল সেন) সিভিল ইঞ্জিনিয়ার। প্রোমোটর ভদ্রলোক থাকেন ফার্স্ট ফ্লোরে, ওনার পরিবার বলতে ওনার স্ত্রী, এক ছেলে ও এক মেয়ে। ছেলেটি বড়, উচ্চ মাধ্যমিক দেবে। মেয়ে ক্লাস ফোরে পড়ে। ইঞ্জিনিয়ার ভদ্রলোক থাকেন টপ (ফোর্থ) ফ্লোরে। ওনার পরিবার বলতে স্ত্রী, ওনার বোন আর ওনার একমাত্র ছেলে।

দুই বন্ধুর মধ্যে গভীর ভাব ও ভালোবাসা। এই সম্পর্কটা কখন প্রেম ভালোবাসায় পরিণত হয়ে গেল, ওরা নিজেরাও টের পেল না। দুজনের একে অপরকে দেওয়া গ্রিটিং কার্ডস, উপহার, মনের কথা লেখা চিঠিগুলো, আর একসাথে তোলা গোপন ছবি, এই সব নিয়ে তাদের একান্ত ব্যক্তিগত ভান্ডার ভরে উঠল। ভিতর-ভিতর ওদের সম্পর্কটা গাঢ় হলেও বাইরে কিছু টের পাওয়া গেল না। একসাথে স্কুলে যাওয়া, টিউশন, মাঠে খেলাধুলো সব কিছুই ছিল স্বাভাবিক আর পাঁচ জনের মতই – সব সহপাঠী ও বন্ধুদেরকে নিয়ে একসাথে।

এই সম্পর্কটা কোন দিকে নিয়ে যাবে ওদের দুজনকে? তাদের ভাগ্যে কি লেখা আছে? ওদের বাবা-মা ওরাই বা কী ভাবে ব্যাপারটাকে নেবে যদি সবকিছু জানতে পারে? আর সমাজ, সেও কী বুঝে উঠতে পেরেছে ভালোবাসার এই দিকটাকে?

অধ্যায় ১
অপ্রত্যাশিত

একদিন অরিন্দমের বাবা, যিনি প্রোমোটর, ওর একটি খাতার ভিতরে দুটো সেলফির প্রিন্ট আউট দেখতে পেলেন। সদ্য প্রিন্ট বার করা। অরিন্দমের একার ছবি নয়। দুই বন্ধু, একে ওপরকে চুমু খাচ্ছে, ঠোঁটে ঠোঁট লাগিয়ে। ভালো করে লক্ষ করলেন, যে ওটা তাঁর ছেলে ও ছেলের বন্ধু। এমনিতে তিনি ছেলের পড়াশোনা নিয়ে মাথা ঘামান না। এত সময় কোথায় ওনার কাছে? বাড়ির কোনো কিছু নিয়েই মাথা ঘামানোর সময় নেই। প্রোমোটিং-র ব্যাবসা সামলানো, লোকাল পলিটিক্যাল পার্টিকে খুশি রাখা আবার অন্যান্য দলকেও একটু মেপে চলা এই সব করতেই তো সারাটা দিন রাত কেটে যায়। নিজের বন্ধুবান্ধব, পার্টি, ক্লাব, মদের আসর এই নিয়েই ওনার জীবন ভালোই কাটছে। বাড়ির পুরো দায়িত্ব গিন্নি সামলাচ্ছে তাই আর এদিকে দেখার প্রয়োজন নেই, খোঁজ নেয়ারও দরকার নেই। ছেলে মেয়েদের সাথে বসে একটু কথা বলারও সময় নেই।

যাই হোক, তো ইনি হঠাৎই একদিন যেন ছেলের পড়াশোনা নিয়ে উদ্‌গ্রীব হয়ে পড়লেন আর ছেলের ঘরে এসে তার পড়ার টেবিলের কাছে দাঁড়ালেন। আর হাতে পড়লো এই খাতাটি যাতে অরিন্দম অঙ্কের হোম টাস্ক করছিল। অরিন্দম ওর রুমের সাথে লাগোয়া বাথরুমে গেছিল তখন। সেখান থেকে ফিরে এসে

দেখে বাবা দাঁড়িয়ে আছে, পড়ার টেবিলের কাছে। ও তাড়াতাড়ি সেখানে গেল।

-বাবা, কিছু বলবে?

সপাটে গালে একটা চড় এসে পড়ল। ও কিছু বুঝে ওঠার আগে টের পেল যে ও প্রায় দু মিটার দূরে, মেঝেতে ছিটকে পড়েছে। বাঁ গালটা প্রচন্ড গরম, সে হাত দিতে টের পেল। কিছু বলার চেষ্টা করতে যাবে সেই সময়, ওর বাবা ওকে তুলে শুরু করলো- বেধড়ক মার, চড়, কিল, ঘুঁষি আর সাথে গালাগাল। এবার আর ওর শরীর নিতে পারল না। ও প্রায় অজ্ঞান হয়ে পড়ল। এদিকে ছেলের রুম থেকে কিছু আওয়াজ আসছে শুনে অরিন্দমের মা রান্নাঘর থেকে ছুটে এলো আর দেখলো বাবা ছেলেকে ধরে বেধড়ক মারছে। হাতের মার থামিয়ে যেই উনি নিজের প্যান্টের বেল্ট খুলে সেটা দিয়ে মারতে যাবেন, অরিন্দমের মা ওদের মাঝখানে এসে দাঁড়ালেন আর নিজের স্বামীকে থামানোর চেষ্টা করতে লাগলেন। বেল্টের বারি দু চার ঘা ছেলের পরিবর্তে নিজের স্ত্রীকেই দিয়ে তবে কোনো রকম থামলেন। ততক্ষনে মেয়েও এসে পড়েছে আর ভয় প্রচণ্ড কান্নাকাটি শুরু করেছে।

পরের দিন রাত্রে ইনি (সুবিমল সাহা) নিজের ছেলেকে নিয়ে এলেন ফোর্থ ফ্লোরে স্বপ্নিল সেন (রুপঙ্কর-র বাবা), ওনার ফ্ল্যাটে। তখন ঘড়িতে রাত দশটা বাজে। সেনবাবুর স্ত্রী রাতে খাবার সাজাচ্ছেন ডাইনিং টেবিলে। কলিং বেল বাজলো। সেনবাবু বাথরুমে ছিলেন। তাই ওনার স্ত্রী দরজা খুলতে এলেন। দেখলেন

সাহাবাবু তার ছেলেকে নিয়ে দাঁড়িয়ে আছেন দরজায়। ভাবলেন পড়াশোনার ব্যাপারে কিছু হয়তো জিজ্ঞাসা করার আছে অরিন্দমের, তাই ওনাদের ভিতরে আসতে বলে রূপঙ্করকে ডাকলেন ওখান থেকেই। সুবিমল ওনাকে থামিয়ে বেশ গম্ভীর গলায় বললেন, সেনবাবুকে ডাকুন। উনি আছেন নিশ্চয় বাড়িতে!

"হ্যাঁ, আছেন তো। একটু বসুন তাহলে, উনি এইমাত্র বাথরুমে গেলেন। আমি ডেকে দিচ্ছি।" এই বলে ভিতরে গেলেন আর বাথরুমের বাইরে থেকে ওনার স্বামীকে বললেন সাহাবাবুর আসার কথা। এতক্ষনে রূপঙ্কর এসে পড়েছে, ড্রইং রুমে। হাত জোড় করে নমস্কার জানাল সুবিমলকে আর অরিন্দমকে আসার কারণ জিজ্ঞেস করতে যাবে, দেখল অরিন্দম কেমন যেন থতমত খেয়ে ভয়ে সিঁটিয়ে আছে। সুবিমল কোনো উত্তর দিলো না বরং স্বপ্নিলবাবুর আসার অপেক্ষায় বসে রইল।

"কিরে অরিন্দম ওখানে দাঁড়িয়ে আছিস? আয় ভিতরে আয়? আজ কি রকম একটা অচেনার মতন করছিস যেন?"

"না, ও এখানেই ঠিক আছে। ভিতরে যাবে না"- উত্তর দিলো সুবিমল।

রূপঙ্কর আর কোনো কথা বলল না। এক পাশের দেয়ালে হেলান দিয়ে দাঁড়িয়ে পড়ল। স্বপ্নিল বাথরুম থেকে বেরিয়ে সোজা

বসার ঘরে এলেন, সাথে ওনার স্ত্রী আর বোন ওরাও এসে দাঁড়ালো।

–বসুন স্বপ্নিলবাবু। কথা আছে।

–আপনারও বসুন। সময় লাগবে। এত রাতে আসার জন্য ও আপনাদের বিরক্ত করার জন্য দুঃখিত। তবে আমি নিরুপায়। আমার যে এই সময় ছাড়া আর সময় হবে না। তাও আমি আজ তাড়াতাড়ি বাড়ি ফিরে এসেছি শুধুমাত্র আপনার সাথে দেখা করার জন্য। না হলে তো আমার বাড়ি ফিরতে রাত এগারোটা হয়ে যায়।

"না না অসুবিধার কিছু নেই দাদা, আমাদেরও খেতে খেতে এরকম এক প্রকার রাত হয়, আপনি বলুন।" বললেন স্বপ্নিলের স্ত্রী। স্বপ্নিল বাধা দিল না। শুধু পর্যবেক্ষণ করতে লাগল সুবিমল আর তার ছেলে অরিন্দমকে। সুবিমল সোজা নিজের বুক পকেটে রাখা দুটো ভাঁজ করা প্রিন্ট আউট বাড়িয়ে দিল স্বপ্নিলের হাতে। স্বপ্নিল ছবি দুটো নিয়ে ভাঁজ খুলল আর দেখলো, দুটো ছেলে, একে ওপরকে চুমু খাচ্ছে, সাইড ফেসিং, মোবাইলে সেলফি, একটু কাত করে তোলা। একজন অরিন্দম অপর জন রূপঙ্কর। কোনো কথা না বলে ছবি দুটো স্ত্রীর হাতে দিল। স্বপ্নিলের স্ত্রী ছবি দুটো দেখে রেগে উঠে দাঁড়ালো আর নিজের ছেলের কাছে গিয়ে বকাবকি করতে লাগলো।

"এসব কি রুপু? কবে থেকে এই সব নোংরামো চলছে? কোথা থেকে শিখেছো এইসব?"- জিজ্ঞেস করলেন। রুপঙ্কর একবার অরিন্দমের দিকে দেখে, তো একবার ছবিগুলোর দিকে আর একবার বাকি সবার দিকে। স্বপ্নিল উঠে গিয়ে স্ত্রীকে সামলালো। আস্তে করে বললো, এখন কিছু বলো না সবার সামনে। আগে শুনি সাহাবাবু কি বলতে এসেছেন। রুপুর সাথে আমরা না হয় পরে কথা বলবো। রুপঙ্করের মা সপাটে একটা চড় কষাল তার ছেলের গালে। রুপঙ্কর ও তার বাবা দুজনেই হতভম্ব হয়ে গেল। এবার সুবিমলবাবু নিজের রূপে ফিরে এলেন। গালাগাল ও মারধর শুরু করলেন নিজের ছেলেকে ওখানেই। রুপঙ্কর দৌড়ে গিয়ে ওনাকে আটকালো আর বললো, "কাকু ওকে মারবেন না প্লিজ। ওর কোনো দোষ নেই। ও কিছু করেনি। সব দোষ আমার। আমি ওকে সেই ছোট থেকে ভালোবাসতাম। জানি না কি করে প্রকাশ করে ফেললাম। ও তা নয় আপনি যা বলছেন। অরি খুব ভালো ছেলে, কাকু। আমি ভালো নই। আমি ছেলে হয়ে আর একজন ছেলেকে ভালোবেসেছি। যাতে আমার মন না ভেঙে যায়, তার জন্য শুধু ও আমাকে না করেনি কোনো দিন। আপনি যদি চান তাহলে আমি আর ওর সাথে কোনো দিন কথা বলবো না। ওর সাথে মিশব না।" এই শুনে, অরিন্দম রুপঙ্করকে থামিয়ে দিয়ে ওর ঠোঁটে ঠোঁট রেখে সবার সামনে চুমু খেলো। তারপর বললো, "সেটা সম্ভব নয়। যে যাই বলুক, আমি রুপকে ভালোবেসেছি, আর চির কাল এইভাবে ভালোবেসে যাব। কেউ আটকাতে পারবে না।" এরপর সুবিমল আর সময় নষ্ট না করে, কোনো কথা না বাড়িয়ে, ছেলেকে নিয়ে বাড়ি ফিরে এলো।

অধ্যায় ২
বন্দি জীবন

একটি একতলা বাড়ি, বেশ পুরানো। বাগান ও গাছপালায় ঘেরা। বাগানটাকে আর বাগান বলা যায় না কারণ ওখানে শুধু আগাছা আর বুনো জঙ্গল হয়ে আছে। কিছু বড় ফলের গাছও আছে- যেমন পেয়ারা, জাম, কাঁঠাল ইত্যাদি। নিজের মতন হয়েছে। বাড়িটা একটু নির্জনতার মধ্যে। শহরের উপরে হলেও এদিকে তেমন কোন লোকজনের বসবাস নেই। আশেপাশে কোন বাড়ি নেই বললেই চলে। বেশ কিছু ফাঁকা জমি আছে যা প্রমোটিং করার উপযুক্ত। এদিকে খুব একটা বেশি লোক জনের চলাচলও নেই। একটু দূরে দু একটা পরিত্যক্ত বাড়িঘর আছে, তাদেরও একই হাল। তবে এটি সবার মধ্যে একটু বাস যোগ্য। একজন কেয়ার টেকার বাগানের আগাছাগুলো একটু পরিষ্কার করছে আর দেখছে কিছু পাকা পেয়ারা পাওয়া যায় কি না!

একটি লোক, বয়স তেত্রিশ বছর, সুঠাম চেহারা, দেখে প্রায় যুবকই বলা যায়। ছয় ফুট মত উচ্চতা, ব্যাকব্রাশ করা চুল, পিছন দিকে টানটান করে একটা রাবার ব্যান্ড দিয়ে বাঁধা। মুখে ফ্রেঞ্চকাট দাড়ি, লম্বা ঝুলপি। গায়ের রং ফর্সা বলা যেতে পারে। গায়ে ব্ল্যাক সুট, সাদা জামা ও নীল টাই। গাড়িটাকে বাড়িটার একটু দূরে দাঁড় করালো, তার পর নেমে হেঁটে এগিয়ে গেল বাড়িটার দিকে। গেট খুলে বাগানে প্রবেশ করল। চোখে কালো দামি

সানগ্লাস, হাতে দামি মোবাইল- আই ফোন। মোবাইলে কাউকে কিছু নির্দেশ দিতে দিতে গেট আর বাড়ির মাঝখানে এসে দাঁড়ালো। যে লোকটি বাগানে কাজ করছিল, সব কিছু ফেলে রেখে দিকভ্রান্ত হয়ে ছুটে এলো তার কাছে।

-স্যার আপনি এত সকাল সকাল এখানে? আপনার আসা খেয়াল করতে পারিনি। আমাকে মাফ করে দেবেন স্যার।

-ঠিক আছে, ঠিক আছে। একদিকে সব ঠিকঠাক আছে তো?

-হাঁ স্যার।

-ঘরের চাবি কই?

-এই যে স্যার।

বলে নিজের বুকপকেট থেকে একটি চাবি বার করে দিল সেই যুবকটির হাতে। সে চাবিটি নিয়ে আর কোনো কথা না বলে বাড়ির ভিতরে ঢুকে গেলো।

	সদর দরজা দিয়ে ঢুকে সে বাড়ির পিছন দিকের একটি ঘরের দিকে এগোল। বাড়িটিতে তিনটি ঘর, সামনের দিকে দুটি ও

পিছন দিকে একটি। একটি বাথরুম ও একটি রান্নাঘরও আছে। সামনের একটি ঘরে কেয়ারটেকার লোকটি থাকে। বাড়িটিতে কারোর সে রকম আসা-যাওয়া নেই। লোকটি নির্দিষ্ট ঘরের সামনে এসে তালাটি খুলল ও ভিতরে প্রবেশ করল। এই ঘরটি একটু স্যাঁতস্যাঁতে। ঘরে একটি জানালা আছে তবে তা সব সময় বন্ধই থাকে। ঘুলঘুলি দিয়ে যেটুকু আলো বাতাস আসতে পারে তাই আসে।

যুবকটি ঘরের বাতি জ্বালালো। ঘরের মধ্যে একটি পুরনো চৌকি পাতা আছে, পাশে একটি ছোট টেবিল, তার ওপর প্লাস্টিকের জলের জাগ ও একটি স্টিলের গ্লাস। চৌকিতে একজন শুয়ে আছে, প্রৌঢ়। বয়স ষাটের ওপর। যুবকটি জাগ থেকে জল খেল- আলগোছে।

-বাহ, বেশ ঠান্ডা জল। শরীরটা জুড়িয়ে গেল।

এরপর একটি টুল টেনে নিয়ে বৃদ্ধটির পাশে বসলো।

-আপনি ভালো আছেন তো? এখানে কোনো অসুবিধে হচ্ছে না আপনার আশা করি। খোকন আপনার দেখাশোনা ঠিকঠাক করছে তো?

খোকন কেয়ারটেকারটির নাম, ওর বয়স বত্রিশ বছর। সুঠাম চেহারা। এথানেই থাকে, দোকান-বাজার করে সপ্তাহে একবার, রাঁধে

বাড়ে। নিজে খায় আর এই বৃদ্ধ লোকটির দেখা শোনা করে। ও প্রায় দু বছর আছে এখানে। ওর আগে আর একটি লোক ছিল। এই বৃদ্ধ লোকটি ওর আগে থেকেই এখানে আছে- গৃহবন্দি অবস্থায়।

-আমি কি মুক্তি পাব না বাবা? তাহলে শুধু শুধু বাঁচিয়ে রাখা কেন। তোমারও তো কত খরচ হয়ে যাচ্ছে আমার পিছনে। মেরে ফেল না একেবারে। সব শেষ হয়ে যাক।

-না না তা কি করে হয়। আপনাকে মারলে তো সব শেষ হয়ে যাবে। আমি তা হতে দিতে পারি না। খরচা একটু হলে ক্ষতি নেই। আপনার আশীর্বাদে আমার এখন অনেক উন্নতি হয়েছে। ব্যাবসাটা ভালোভাবেই বসে গেছে। আর হ্যাঁ, আপনাকে একটা ভালো খবর জানানো হয়নি। লালু ফিনিশ। কালই তার অন্ত্যেষ্টিক্রিয়া কমপ্লিট করা হল। বেশ কয়েক বছর ধরে খুব পিছনে লেগেছিল। তা কাল সব হিসাব নিকাশ বুঝিয়ে দিলাম। তাহলে সব মিলিয়ে আপনার হাতের পাঁচটি আঙুল কাটা হয়ে গেছে। এবার নিশ্চিন্তে বিশ্রাম নিন। আমি তাহলে এখন আসি। পরে আবার আসব।

          বৃদ্ধ চুপ করে লোকটির চলে যাওয়া দেখলো। তারপর তার দুচোখ দিয়ে জল গড়িয়ে পড়ল। নিজের মনে-মনে বললো, ঠিকই তো। নিজের অপকর্মের শাস্তি তো এই পৃথিবীতে নিজেকে ভুগতেই হবে। আমার নিজের পাপের প্রায়শ্চিত্ত বোধ হয় এই ভাবেই করতে হবে। তারপর ভগবানের উদ্দেশ্যে বললো, তোমাকে কোনো দিন মানি নি, তাচ্ছিল্য করে গেছি, নিজের দম্ভে। আজ বুঝতে পারছি

সব তোমারই খেলা। শুধু এইটুকু প্রার্থনা করব যে আমার পরিবারকে ভাল রেখো আর আমার সন্তানের দোষগুন ক্ষমা করো। ওকে আমার মতন শাস্তি যেন না পেতে হয়, তুমি দেখো।

যুবকটি চলে যাওয়ার পর, খোকন ঘরে তালা খুলে ঢুকলো।

-কেমন আছেন দাদু? আপনার কি খিদে পেয়েছে? পাউরুটি সেঁকে আনছি চায়ের সাথে। চলুন বাথরুমে গিয়ে পরিষ্কার হয়ে নিন। আপনি বয়স্ক মানুষ তবে যতটা খাতির যত্ন করার হুকুম আছে তার বেশি আমি চাইলেও করতে পারবো না। স্যার ভীষণ কড়া মানুষ। আগের জনকে শুনেছি গুম করে দিয়েছেন আপনাকে একবারের জন্য বাগানে বার করেছিল বলে। আমারও তো পরিবার আছে। বুঝতেই পারছেন।

-না বাবা, তোমার কোন দোষ দেখছি না আমি। সব ওপরওয়ালার খেল ভাই। আমিও আর চাই না যে আমার জন্য তোমাদের কোনো ক্ষতি হোক। জীবনের কটা দিনই বা বাকি আছে আর। কাটিয়ে নেব এখানে। দুঃখ একটাই। আমার পরিবারের কাউকে আর দেখতে পাব না, অন্তত শেষবারের মতন, মনে হয়। ভুল বললাম, একজন বাদে আর বাকিদের দেখতে পাব না।

খোকন আর কথা বাড়াল না। সে জানে দেয়ালেরও কান আছে। কোন কথা কি ভাবে বসের কানে চলে যায়। স্যারের কড়া নির্দেশ। যতটুকু করার বা বলার আছে তার বাইরে গিয়ে কোন কাজ না এমনকি কোন বাড়তি কথা বলাও নিষেধ এখানে, মানে এই বাড়িতে।

অধ্যায় ৩
জবাবদিহি

সুবিমল বাবুর চলে যাওয়ার পর, রূপঙ্করের মা ও বাবা তাদের ছেলেকে ভিতরের ঘরে নিয়ে গেল। এবং চললো টানা প্রশ্ন। উনি ছেলের গায়ে হাত তোলার পক্ষপাতী নন। এমনিতে উনি শান্ত প্রকৃতির মানুষ, খুব কম কথা বলেন ও ভীষণ ধীর স্থির। তবে আজ যেন সব উলটপালট হয়ে গেছে। প্রথমে রূপঙ্করের মা আরও কয়েক ঘা বসিয়ে দিল ছেলের গালে-পিঠে। স্বপ্নিল নিজের স্ত্রীকে থামিয়ে বলল মারামারি করো না। ছেলে বড় হয়েছে। যা বলার বুঝিয়ে বল। আগে আমাকে কথা বলতে দাও ওর সাথে। স্বপ্নিলের দিদি ওদের বাধা দিয়ে বলল, এসব পরে হবে। আগে রাতের খাওয়াটা সেরে নাও সবাই অনেক রাত হয়েছে। রূপু সন্ধ্যে থেকে কিছু খায় নি। ওর তো খিদে পেয়েছে।

-না! আপনি এর মধ্যে আসবেন না এখন। আগে সব পরিষ্কার হয়ে যাক। তারপর খাওয়া-দাওয়া, বললো স্বপ্নিলের স্ত্রী।

ওর দিদি আর কথা না বাড়িয়ে নিজের ঘরে চলে গেল। "কি রূপু, এবার ঠিকঠাক আমার প্রশ্নের উত্তর দাও।" বলল স্বপ্নিল।

"ও আর কি বলবে, আমাদের আর সমাজে মুখ দেখানোর কিছু বাকি রাখে নি। ছিছি! লোকে শুনলে কি বলবে? লোকসমাজে মুখ দেখাবো কি করে? সব তোমার জন্য হয়েছে। আরো দাও প্রশ্রয়। নিত্য নতুন মোবাইল, কম্পিউটার, ল্যাপটপ, যা নয় তা কিনে দিচ্ছে ছেলেকে। আমি বারবার বারন করেছিলাম তোমাকে। তখন শোন নি। এখন ভোগো।" প্রায় এক নিঃশ্বাসে বলে গেল স্বপ্নিলের স্ত্রী। "শোনো আমি বলে দিচ্ছি, আজ থেকে ছেলে আমাদের সাথে এক ঘরে শোবে। আর ওর জন্য আলাদা ঘর থাকবে না।" একটু দম নিয়ে বেশ জোর গলায় বলেই রূপঙ্করের বালিশ, বই খাতা যা দু হাতের মধ্যে নিতে পারলেন নিয়ে নিজেদের ঘরের দিকে চলে গেলেন। রূপঙ্কর কাঠ হয় দাঁড়িয়ে থাকলো নিজের জায়গায়।

স্বপ্নিল এবার একটু রেগে গিয়ে জিজ্ঞেস করলো ছেলেকে। "কি হল কোনো উত্তর নেই কেন মুখে? আমি কিছু জিজ্ঞেস করছি তো। আমাদের মানসম্মান-এর কথা ভাবলে না একবারও। তোমার ওপর আমাদের কত আশা, তোমাকে নিয়ে আমাদের কত স্বপ্ন। এই যে আমি দিনরাত এক করে খাটছি, কার জন্য? তুমি ভালো রেজাল্ট করবে, আমার চেয়েও বড় ইঞ্জিনিয়ার হবে। বিদেশে যাবে। প্রচুর নাম করবে। সে সব জলাঞ্জলি দিয়ে এইসব করা হচ্ছে? তাই দেখছি, রেজাল্ট দিন-দিন খারাপ হচ্ছে তোমার। আগের বছর এগারো ক্লাসের ফাইনাল পরীক্ষাতে আটানব্বই পার্সেন্ট পেয়েছিলে না? যদিও বা তা মাধ্যমিকের থেকে অনেক কম। এবার হাফ-ইয়ারলিতে কমে সাতানব্বই পার্সেন্ট কি করে?"

রূপঙ্কর চুপ করে থাকে।

-কি হলো! কোনো উত্তর নেই কেন? আমি তোমাকে কিছু জিজ্ঞেস করছি তো?

-হাফ-ইয়ারলিতে একটা ক্লাস টেস্ট দিতে পারিনি তাই এগ্রিগেটে পার্সেন্টেজ একটু কম হয়েছে।

স্বপ্নিলও এবার এক চর কষালো ছেলের গালে। এই প্রথম ও ছেলের গায়ে হাত তুললো। তবে তুলেই যেন বুঝতে পারলো ভুল করল ও, আবেগের বশে। কিন্তু তখন আর কিছু করার নেই। তাই জোর করে সেটা চেপে গেল আর প্রায় ধমকের সুরে বললো, "আমি মার্কসের কথা জিগেস করি নি। এইসব নোংরামো কি চলছে, কবে থেকে চলছে তা জানতে চাইছি।" রুপঙ্কর আবার চুপ হয়ে গেল। স্বপ্নিলের দিদি এবার এসে রেগেমেগে বললো, "তোরা দুজনে কি এখনই ছেলেটাকে মেরে ফেলতে চাস? বললাম ও সেই সন্ধ্যে থেকে না খেয়ে আছে। তুইও তো অফিস থেকে এসে আজ কিছু খাস নি। বলি কত রাত হলো খেয়াল আছে!"

সেদিন রাতেই খাবার টেবিলে অঞ্জলি কথাটা তুললো। রুপঙ্কর নিজের জায়গায় চুপচাপ বসে নিজের খাবারটা নিয়ে নাড়াচাড়া করছিল। আজ আর কারোরই খাওয়ার দিকে মন ছিল না। এমন সময় স্বপ্নিলের স্ত্রী বলে উঠল,

-আমার মনে হয় তোমার বন্ধু আছে না, সুদীপ, ওর স্ত্রী তো psychiatrist। তুমি তোমার বন্ধুর সাথে কথা বলে ওর স্ত্রীর কাছে একটা অ্যাপয়েন্টমেন্ট নাও। আমাদের দেরি করলে অনেক ক্ষতি হয়ে যাবে। অলরেডি অনেক দেরি হয়ে গেছে, অনেক সর্বনাশ ঘটে গেছে। তবে আর সময় নষ্ট করা যাবে না।

-আমিও তাই ভাবছিলাম। দেখি কাল ফোন করবো।

স্বপ্নিলের দিদি একবার বললো, "যা করবে একটু ভেবেচিন্তে করো। রাগের বসে রুপুর কোনো ক্ষতি করে বোস না কিন্তু।" "আপনি যেটা বোঝেন না, সেটা নিয়ে কথা বলতে আসবেন না প্লিজ।" বললো স্বপ্নিলের স্ত্রী।

-না দিদি, আমরা তো ওর ভালোই চাই বলো। আমাদেরই তো ছেলে। ওর ক্ষতি চাইবো আমরা?

-যা তোরা ভালো বুঝিস। আমি তো এমনি তোদের ওপর গলগন্ড হয়ে বসে আছি।

-এসব কথা বলছো কেন, দিদি। আমরা কি তোমাকে একবারও তাই বলি না কি সে রকম ব্যবহার করি তোমার সাথে?

-আপনি ওরকম কথা বলবেন না দিদি। আমরা কিন্তু আপনাকে যথেষ্ট সম্মান করি। কিন্তু এখন রূপুর জন্য আমাদের মাথার ঠিক নেই। তাই আমাদের কথায় প্লিজ কিছু মনে করবেন না।

-আমি তোমাদের কথায় কিছু মনে করছি না। শুধু ছেলেটার কথা তোমাদের মনে রাখতে বলছি। যা করো ঠান্ডা মাথায় ভেবেচিন্তে করো।

-এখন আর কথা বাড়িয়ে দরকার নেই। অনেক রাত হয়েছে। সবাই দয়া করে খাবারটি খেয়ে ওঠো। আমি সব পরিষ্কার করে দেব। কাল ঠান্ডা মাথায় ধীরস্থির হয়ে আলোচনা করো।

অধ্যায় ৪
ভালোবাসার উপলব্ধি

সিটি পাবলিক স্কুলের এক বার্ষিক ক্রীড়া প্রতিযোগিতা চলছে, যাদবপুর ইউনিভার্সিটির মাঠে- ভিন্ন ক্লাসের ভিন্ন রকমের স্পোর্টস ইভেন্ট। প্রতি বছরের মত একশো মিটার ও দুশো মিটার দৌড় প্রতিযোগিতায় অরিন্দম প্রথম স্থান দখল করেছে। অবশেষে ফাইনাল ইভেন্ট চারশো মিটার দৌড়। দুশো মিটারের ল্যাপ দু বার অতিক্রম করতে হবে, অর্থাৎ দৌড় শুরু করে দুশো মিটার দৌড়ে পুনরায় প্রারম্ভিক স্থানে ফিরে আসতে হবে। বাঁশির শব্দে দৌড় শুরু হতেই অরিন্দম অন্য সকলের থেকে বেশ কিছুটা এগিয়ে গিয়ে প্রথম ল্যাপ সম্পূর্ণ করল। ফিরে আসার পথে সে দেখল মাঝ মাঠে রূপঙ্কর মাটিতে শুয়ে আছে। সে তখনই তার দৌড় থামিয়ে রূপঙ্করকে তোলার জন্য তার দিকে হাত বাড়িয়ে দিল। রূপঙ্কর ইশারায় বোঝানোর চেষ্টা করল যে এইভাবে সে সময় নষ্ট করে দৌড়ে হেরে যাবে। কিন্তু অরিন্দম সে ব্যাপারে কর্ণপাত না করে রূপঙ্করকে কোলে তুলে নিয়ে দৌড় দিতে লাগল। ইতিমধ্যে অনেকেই অরিন্দমকে টপকে গন্তব্যের দিকে পৌঁছে গেছে। তবুও অরিন্দম অনেক শক্তি লাগিয়ে তৃতীয় স্থানে দৌড় শেষ করতে সক্ষম হল।

-হ্যাঁ রে রূপঙ্কর, তুই পড়ে গেলি কি করে?

-জানি না। হয়ত বাম হাঁটু লক হয়ে গেছিল। কিন্তু তুই নিজের জেতা স্থানটা ছেড়ে দিলি কেন?

-আমিও ঠিক জানি না। তবে বন্ধুকে পরে থাকতে দেখে তাকে সাহায্য না করে প্রাইজের জন্য দৌড়াতে পারি।

রুপঙ্কর অরিন্দমকে সেই দিন থেকে অন্য চোখে দেখতে শুরু করল। সে ভাবতে থাকে অরিন্দম কি সত্যি শুধু বন্ধুত্বের খাতিরে এমন আত্মত্যাগ করল। নাকি সেও তাকে অন্য চোখে দেখে। কেবল রুপঙ্কর নয় অন্য সহপাঠীরাও এই ঘটনায় অরিন্দমকে এক প্রকার হিরো ভাবতে লাগল। তার এই উদার মানসিকতা ও আত্মত্যাগ যেন তার চরিত্রে এক অনন্য মাত্রা যোগ করল। কেবল স্কুলের ছাত্র ছাত্রীরা নয় শিক্ষক ও অন্যান্য অভিভাবকরাও তাকে আরো স্নেহ করতে লাগল। বলা বাহুল্য অরিন্দম এই চারশো মিটার দৌড় প্রতিযোগিতায় প্রথম হতে পারে নি বলে যে প্রাইজ থেকে সে বঞ্চিত হল, তার থেকেও অনেক মূল্যবান কিছু সে অর্জন করে নিয়েছিল। একদিন স্কুলের প্রিন্সিপাল নিজে তাঁর ঘরে ডেকে নানান শিক্ষক শিক্ষিকা ও কিছু মুষ্টিমেয় ছাত্র ছাত্রীদের সামনে অরিন্দমকে বিশেষ সম্মান দিয়ে ভূষিত করলেন।

অরিন্দম ও রুপঙ্কর দুজনে ছোট থেকেই একই স্কুলে একই ক্লাসে পড়ত। কিন্তু কখনোই তারা একই বেঞ্চিতে বসত না। রুপঙ্কর ছোট থেকেই পড়াশোনার বাইরে আর কিছু নিয়ে কোনো দিন মাথা ঘামায় নি কখনো। অপর দিকে অরিন্দম খেলা ধুলা হোক কি গান বাজনা সবেতেই নিজের পারদর্শিতা প্রমাণ করেছে। পড়াশোনা যে

করত না বা তাতে মন ছিল না তেমন না। কিন্তু কেবল পড়াশোনাটা একমাত্র জগত না ভেবে তার পরিব্যাপ্তি সে সুদূরে বিস্তারিত করেছিল। মূলত সে ব্যাক বেঞ্চার ইন্টেলিজেন্ট স্টুডেন্ট ছিল বলা চলে। একদিন টিফিনের পরের ক্লাসে অরিন্দমের পাশে এসে রূপঙ্কর বসল।

-এ কি রে রূপঙ্কর তুই লাস্ট বেঞ্চে? কেন সামনের বেঞ্চে জায়গা খালি নেই?

-না সে খালি আছে। কিন্তু আমার মনে হল এখানে বসলে ক্ষতি কি?

-না ক্ষতি কেন কিছু হবে? কিন্তু সবাই দেখলে চমকে যাবে

সত্যি তাই ঘটল। গোটা ক্লাস রূপঙ্করকে দেখে এক প্রকার চমকে গেল বটে। ওর মত ছেলে কিনা শেষ বেঞ্চিতে এসে বসেছে। কিছু ছেলেরা এই নিয়ে টিটকিরি করতেও ছাড়ল না। রূপঙ্কর সে দিকে মাথা ঘামায় নি আর। এর পর আস্তে আস্তে পিছনের বেঞ্চিতে বসাটা সে প্রায় অভ্যাসে পরিণত করে বসল। একদিন অরিন্দম রূপঙ্করকে জিজ্ঞাসা করল, "আচ্ছা রূপঙ্কর তুই হটাৎ লাস্ট বেঞ্চে বসতে শুরু করলি। এতে তোর পড়ার ক্ষতি হয়ে যাবে তো?" রূপঙ্কর অরিন্দমের ঠোঁটে আঙ্গুল দিয়ে চেপে বলল "রূপঙ্কর না আমাকে রূপ বলে ডাকবি।"

-আচ্ছা বেশ। রূপ! কিন্তু তুই এমন কেন করছিস?

-আমার মনে হল তুই আমার ভালো বন্ধু। তাই তোর পাশে বসতে ভালো লাগে। এর সাথে পড়াশোনার কি সম্পর্ক। টিচাররা তো পুরো ক্লাসের সবাইকে একই ভাবে পড়ান। সবার প্রতি সমান নজরে দেখেন। সে ফার্স্ট বেঞ্চ হোক কি লাস্ট বেঞ্চ। তবে তোর যদি আমাকে ভালো না লাগে আমি উঠে যাচ্ছি।

-না। না। আমি তেমনটা বললাম নাকি।

এই বলে অরিন্দম রূপঙ্করকে হাত ধরে বসিয়ে দিল।

-তবে আমাকেও কিন্তু অরি বলে ডাকতে হবে।

-বেশ তাই হবে। তবে আজ বিকেলে স্কুলের পরে আমার বাড়িতে আসবি কিন্তু।

-ঠিক আছে।

রূপঙ্কর আর অরিন্দমের বন্ধুত্ব ধীরে ধীরে গভীর হতে থাকে। অরিন্দম প্রায় রূপঙ্করের ফ্ল্যাটে যেতে থাকে। দুজনে একই অ্যাপার্টমেন্ট থাকার দরুন পরস্পরের ফ্ল্যাটে যেতে খুব একটা বাধা পেতে হয় না। তবে অরিন্দম বেশির ভাগ সময় রূপঙ্করের ফ্ল্যাটে যায়। রূপঙ্করের মা ছেলেকে কড়া শাসনে রাখেন তিনি অন্য কোথাও ছেলের যাওয়া, আড্ডা দেওয়া পছন্দ করেন না। কিন্তু স্পোর্টস ইভেন্টে অরিন্দমের মানসিকতা দেখে এবং অরিন্দমের বাবা সুবিমল বাবুর পরিচিতির জন্য ও সর্বোপরি একই অ্যাপার্টমেন্ট-এ ফ্ল্যাট হওয়ার জন্য অরিন্দমকে আসার জন্য আটকান নি। তাঁর সর্বদা চিন্তা ছিল ছেলে যেন সামনে মাধ্যমিকে কিছু একটা ভালো রেজাল্ট করে সবার মুখ উজ্জ্বল করে। ছেলের সাফল্যে তিনি যেন গর্ব বোধ করতে পারেন। ওদের অ্যাপার্টমেন্ট থেকে খুব একটা দূরে স্কুল ছিল না। অরিন্দম আর রূপঙ্কর একই সাথে স্কুলে যেত এবং প্রায় বেশির ভাগ দিন একই সাথে স্কুল থেকে বাড়ি ফিরত। যদি না অরিন্দমের কোন স্পোর্টস ইভেন্ট থাকত বা মিউজিক রিহার্সাল পড়ত।

ক্লাস নাইন। স্কুলের অ্যান্যুয়াল কালচারাল ফেস্ট অর্থাৎ বার্ষিক সাংস্কৃতিক অনুষ্ঠানের জন্য রিহার্সাল চলছিল। প্রতি বছরের মত এ বছরেও অরিন্দমের নাম লিড ভোকালিস্ট হিসাবে নির্বাচন করা হয়। অরিন্দমের বিশেষত্ব হল বিগত দু বছর ধরে সে নিজের লেখা গান পরিবেশন করে, সুরও নিজের দেওয়া। তাই নিয়ম মেনে অনুষ্ঠানের এক মাস আগে থেকে টিফিন টাইম ও তার পরের ক্লাসে রিহার্সাল করা হয়। যারা যারা অনুষ্ঠানে যোগদান করে তাদের নাম প্রিন্সিপালের কাছে পাঠানো হয়। তিনি ক্লাস না করার অনুমতি দিয়ে দেন। এমন এক রিহার্সালের দিন টিফিনের পর কমন রুমে রূপঙ্কর এসে হাজির। রূপঙ্কর ক্লাস ওয়ান থেকে বরাবর

ফার্স্ট হয়ে এসেছে। তাই মেধাবী ছাত্র হিসাবে তার যথেষ্ট সুনাম আছে। এবং স্কুলে সকলের কাছে সে একটা পরিচিত মুখ। অরিন্দমের মত ওত জনপ্রিয় না হলেও, শিক্ষক শিক্ষিকা এবং অন্যান্য ক্লাসের পড়ুয়ারা তাকে ভালোভাবেই চেনে। এবং সে কতটা মেধাবী ও পড়াশোনা পাগল তা সকলের জানা। তাই এ হেন রূপঙ্করকে কমন রুমে রিহার্সাল টাইমে দেখে সকলে আকাশ থেকে পড়ল। অরিন্দম একটা গান তুলতে ব্যস্ত ছিল। সে ওদিকে খেয়াল করল না প্রথম দিকটায়। কিন্তু সকলের আশ্চর্য অভিব্যক্তি দেখে অরিন্দম অবাক হয়ে রূপঙ্করকে জিজ্ঞাসা করল

-কি রে রূপ! তুই এখানে কি করছিস এখন?

-আজ ভাবলাম তোদের রিহার্সাল দেখি একবার। তোরা কি ভাবে প্র্যাকটিস করিস। স্টেজে ফাইনাল প্রোডাক্ট ডেলিভারি করার পিছনে কি কি খাটনি আছে দেখতে চলে এলাম।

-সে ঠিক আছে। কিন্তু ক্লাস টিচার জানতে পারলে কিন্তু পানিশমেন্ট পাবি।

-সে না হয় হবে। কিন্তু আমার খুব মন চাইছিল দেখতে

পাশ থেকে ক্লাস ইলেভেনের এক সিনিয়র বলে উঠল "হরিহর আত্মা। একে অপরকে ছেড়ে কতক্ষন বা থাকে।"

এরপর একটু সবাই হাসি ঠাট্টা করল অরিন্দম আর রুপঙ্করকে নিয়ে তারপর পুনরায় যে যার কাজে ব্যস্ত হয়ে পড়ল। অরিন্দম রুপঙ্করের হাত ধরে নিয়ে এসে একটি বেঞ্চিতে বসিয়ে বলল, "ভালোই হয়েছে তুই এসেছিস, আমি একটা নতুন গান লিখছিলাম। খানিক সুর তাতে লাগিয়েছি। সেটাই তুলতে ব্যস্ত ছিলাম। দেখ তো কেমন হলো।" এই বলে রুপঙ্করের কোন জবাব শোনার আগেই অরিন্দম গিটারের কর্ড চেপে তার দু চোখ বুজে গান ধরল –

বন্ধু আমার, মনে পড়ে তোর

বলেছিলি যাবি বেড়াতে

কোনো এক অজানা সমুদ্র সৈকতে?

যেখানে আকাশ চুমু খায়

সমুদ্রকে রোজ, সাঁঝের বেলায়

যেখানে রোজ ভোর রাতে

পাখিরা গায়, গান ভালোবাসার।

চল যাই সেইখানে তুই আর আমি হাতে হাত রেখে

হেঁটে যাবো নির্জনে।।

বন্ধু আমার, মনে পড়ে তোর

বলেছিলি যাবি বেড়াতে

অজানা কোনো গভীর অরণ্যে?

সেখানে নির্জনে ভালোবাসার বাসা বাঁধে এই প্রকৃতি।

সেখানে বন্ধুত্ব সীমা ছেড়ে প্রাণ জানায় ভালোবাসার আকুতি।

চল যাই সেই অরণ্যে তুই আর আমি, করি আর এক নতুন পর্ণ কুটির।।

বন্ধু চল এবার উঠে দাড়া

আর কেনো শুয়ে থাকা।

চল তাকা দুই চোখ মেলে

দেখ ডাকে পৃথিবীর সব দিগন্ত,

দেখ এই পৃথিবীর যত সুন্দর যত আনন্দ,

তোকে বাদ দিয়ে আমি যাই কোথায়?

তোকে নিয়েই তো আমার এই পৃথিবী।

আমাদের ভালোবাসার বন্ধুত্বকে কর হেসে জীবন্ত।।

অরিন্দম গান শেষ করে চোখ দুটো খুলল। দেখল অবাক বিস্ময় চোখে রূপঙ্কর তার দিকে তাকিয়ে আছে এক পলকে। সে খেয়াল করল আরো অনেকেই তাকে ঘিরে ভিড় করে আছে। সত্যি এক হৃদয়স্পর্শী সুর ও আকুল করা গানের ভাষা সকলকে তার দিকে আকৃষ্ট করেছিল। ইতিমধ্যে তাদের ক্লাস টিচার এসে হাজির হয়েছে দেখে অরিন্দম কিছুটা ঘাবড়ে গেল। কিন্তু তার গানের সুর যেন সকলকে অন্য এক জগতে নিয়ে গেছে। রূপঙ্করের সম্বিত ফিরল যখন তাদের ক্লাস টিচার বাগচী স্যার তার কাঁধে হাত রেখে তাকে ডাকল। সে জানত ক্লাসে অনুপস্থিত থাকার জন্য তাকে পানিশমেন্ট পেতে হবে, কিন্তু সত্যি ঘটল এক অবাক কান্ড। বাগচী স্যার বললেন,

-রূপঙ্কর তুমি ক্লাসে না গিয়ে এখানে কি করছ?

-স্যার আসলে আমি..

রূপঙ্করের কথা শেষ হওয়ার আগেই অরিন্দম তাকে থামিয়ে বলল, "স্যার এই গানের লিরিক্স রূপঙ্করের লেখা। তাই সুরটা ঠিক বসানোর জন্য ওকেই আমি ডেকেছি। সরি স্যার আপনার পার্মিসান নেওয়া উচিত ছিল। বাট আমি খেয়াল করতে পারি নি টিফিন টাইম ওভার হয়ে গেছে। প্লিজ স্যার ওকে কিছু বলবেন না।" "আমিও সেটাই ভাবছি। রূপঙ্কর ক্লাস কখনো কাট করে না। বাট অরিন্দম তুমি কাজটা ঠিক করো নি। আমি তোমাকে এই

বারের মত ছেড়ে দিলাম। বাট নট ইন নেক্সট টাইম। আর রূপঙ্কর সত্যি তুমি খুব ট্যালেন্টেড। গড গিফটেড। এমন সুন্দর লেখার হাত তোমার।"

রূপঙ্কর পুরো ঘটনাটায় যেন থমকে গেল। সে মিথ্যা কথা কখনো প্রশ্রয় দেয় না। তাই মনে মনে ভাবলো সত্যিটা বলে দিতে। আর তাছাড়া অন্যের এক সৃষ্টি তার পরিশ্রম সে নিজের নামে কি করে করে নিতে পারে? কিন্তু সে চুপ থাকল, চুপ করে গেল এটা ভেবে যে অরিন্দম কত বড় মনের মানুষ সে তার বন্ধুকে বাঁচানোর জন্য নিজে ছোট হতে পিছ পা হল না। শুধুমাত্র অরিন্দমের আত্মত্যাগের কথা ভেবেই সে মিথ্যা কথাটাকে জীবনের প্রথম বরের জন্য প্রশ্রয় দিল।

সে দিন রাতে রূপঙ্কর ইংলিশ টিউশন গেল না। বাড়ি ফিরে নিজের ঘরে দরজা বন্ধ করে শুয়ে পড়ল। তার মা অনেক চেষ্টা করল ছেলেকে বোঝানোর কিন্তু লাভ হল না। পর মুহূর্তে ভাবলেন একদিন টিউশন না গেলে কি বা ক্ষতি হবে। আর তাছাড়া রূপঙ্কর সিলেবাস শেষ করেই ফেলেছে এখন সে রিভিশন দিচ্ছে। ও দিকে রূপঙ্কর মনে মনে নিশ্চিত হয়ে গেল যে সে অরিন্দমকে ভালোবাসে। তার প্রতি এক অন্য ভালোবাসার অনুভূতি অনুভব করতে লাগল। এটা শুধু বন্ধুত্ব হতে পারে না। তবে অরিন্দম কি তাকে ভালোবাসে নাকি সে এরকম উদার মনের মানুষ, এটা তার স্বাভাবিক ধর্ম? সে যাই হোক তাকে কেউ অরিন্দমকে ভালোবাসা থেকে আটকাতে পারবে না।

অধ্যায় ৫
হার না জিত?

খোকন শহরে এসেছিল সপ্তাহের অনাজপাতি আর তরিতরকারি কিনতে। ফিরে গিয়ে দেখে বাগানে কয়েকটা বাচ্চা পিয়ারা গাছ থেকে পিয়ারা পারতে এসেছে।

"এই তোরা এখানে কি করছিস? চল সব পালা এখান থেকে। এই বলে সে তেড়ে গেলো বাচ্চাগুলোর দিকে।" এই এক জ্বালা হয়েছে। কোনো গাছে ফল ধরলেই হলো, কোথা থেকে সব বাচ্চাদের দল চলে আসে। ওর সেটা খারাপ লাগে যে তা নয়। তবে একদিন স্যার বিকালের দিকে এসে উপস্থিত হয়েছে আর এসেই দেখেন বাচ্চারা বাগানে দাপাদাপি করছে। সঙ্গে সঙ্গে ওকে ডেকে বেশ জোরেই ধমক দিল আর পরিষ্কার করে বলে দিল যে কোন বাচ্চাকে যেন সে এখানে আর না দেখতে পায় কোন দিন। তা না হলে খোকনের কপালে খুব দুর্ভোগ জুটবে। সে আর কি বা করতে পারে, বাচ্চারা তো আসবেই গাছে ফল দেখলে, সেটা ও আর কি করে আটকাবে!

এর পর খোকন বাচ্চাদের তাড়িয়ে ঘরে ঢুকলো। তার পর জিনিসপত্তর যথা স্থানে রেখে বৃদ্ধটির ঘরের তালা খুলে ঢুকলো। এই

ঘরে বাতি জ্বালাতে গিয়ে দেখল জ্বলছে না। নিশ্চই কেটে গেছে। ও একটা মোমবাতি জ্বালিয়ে নিয়ে এলো। বৃদ্ধটি চৌকির ওপর উপুড় হয়ে শুয়ে আছেন। সে কাছে গিয়ে ডাকলো, "দাদু উঠুন, আপনি কি চা খাবেন? তা হলে করে আনব।" না! কোনো সাড়াশব্দ নেই তো। কি হলো আবার! মোমবাতিটা কাছে নিয়ে যেতে দেখলো বৃদ্ধটি বেহুঁশ হয় পরে আছে। মুখের কাছে হাত নিয়ে গেল। না শ্বাস চলছে, তবে খুব আস্তে। নাড়িও আছে। সে সঙ্গে সঙ্গে নিজের ঘরে এসে ফোন করল।

—হ্যালো, স্যার! আমি খোকন বলছি।

—হাঁ বলো, কি ব্যাপার?

—স্যার ওনার শরীরটা মনে হয় খারাপ হয়েছে।

—কেন কি দেখলে? সকালে আমি গিয়ে সেরকম কিছু তো দেখলাম না।

—না স্যার, দুপুরেও তো ভালো ছিলেন। ভাত খেয়েছিলেন অল্প। কিন্তু এখন ঘরে গিয়ে দেখি অজ্ঞান হয়ে আছেন। তবে শ্বাস চলছে।

-ঠিক আছে। আমি দেখছি। আমার পৌঁছাতে পনেরো থেকে কুড়ি মিনিট সময় লাগবে।

নিজের মনে হিসাব কষে দেখলেন স্যার। তবে পনেরো মিনিট নয় সাড়ে বারো মিনিটের মধ্যেই একজন ডাক্তার নিয়ে পৌঁছলেন ।

-এ কি! এ ঘরে লাইট জ্বলছে না? ইমার্জেন্সি লাইট আছে তো কাছে?

-হ্যাঁ স্যার। আনছি। লাইটটা বোধহয় কিছুক্ষন আগে কেটে গেছে। দুপুরে ঠিক ছিল।

ডাক্তার চেক-আপ করেন।

-ওনার বয়স কত?

-আটষট্টি

-হুম! বয়স হয়েছে, তার পর এখানে আছেন প্রায় কত বছর?

-এই বছর পাঁচেক মত।

-কিছু বলা যায় না বুঝলেন। এখন একটা ইনজেকশন দিয়ে দিচ্ছি। জ্ঞান এসে যাবে। আরও কিছু ওষুধ দিয়ে যাচ্ছি। দুদিনে ঠিক হয়ে যাবেন। তবে একটা রিস্ক তো থেকেই যায়। কিছু টেস্টও করতে হবে। খুব ভাল হয় আমার নার্সিং হোমে যদি ভর্তি করাতে পারেন। এবার আপনি ভেবে দেখুন।

-ঠিক আছে সে ব্যাপারে পরে কথা বলছি। চলুন আপনাকে ড্রপ করে দেব। যেতে যেতে কথা হবে।

খোকন পুরো ব্যাপারটা বুঝতে পারল না, কি হল। এই দিকে বৃদ্ধটি তো প্রায় বলা যায় এখানে গৃহবন্দি। বাইরে বেরোনোর পর্যন্ত অনুমতি নেই। আবার শরীর খারাপ শুনে সময় নষ্ট না করে স্যার নিজে ডাক্তার নিয়ে এল। "স্যার আর এই বৃদ্ধটির মধ্যে কি সম্পর্ক লুকিয়ে রয়েছে, তা ভগবানই জানেনে।" সে নিজেকে মনে মনে বলল, যাক গে, এত ভেবে আমার কি কাজ! আমি করি চাকরি। কাজ করবো টাকা পাবো। বেশি কিছু বাড়াবাড়ি করতে গিয়ে নিজেরই ক্ষতি না হয় যায়। ডাক্তার বাবু যা যা বলেছিলেন আর একবার ভালো করে নিজেই নিজেকে বলে নিল। হ্যাঁ, ঠিক মনে আছে। কোন অসুবিধে নেই।

অধ্যায় ৬
অজানা অনুভূতি

পারমিতা, মানে স্বপ্নিলের দিদি ওদের সাথেই থাকেন। বিয়ে থা করেন নি। এমনিতে উচ্চশিক্ষিত আর স্বপ্নিলের চেয়ে বয়সে ছয় বছরের বড়। একটি সরকারি প্রতিষ্ঠানে উচ্চপদে চাকরি করতেন। এখন ভি.আর.এস অর্থাৎ স্বেচ্ছাবসর নিয়ে রিটায়ার করেছেন দু বছর হল। বাইরে থাকতেন সরকারি বাংলোয়। রিটায়ার করার পর স্বপ্নিলদের সাথে থাকেন ওদেরই অনুরোধে। প্রথমে রাজি ছিলেন না। কিন্তু পরে ভাইপোর মুখের দিকে তাকিয়ে আর ওদের অনুরোধ ফেলতে পারলেন না। স্বপ্নিলও এক সরকারি সংস্থানে ভালো জায়গায় কর্মরত। বয়েস আনুমানিক আটচল্লিশ হবে। সেও বড় ইঞ্জিনিয়ার তবে বিদেশ যাওয়ার ইচ্ছে ছিল কিন্তু তা কোনদিন আর হয়ে উঠেনি। মূলত নিজের সংসারের প্রতি খেয়াল রাখতে গিয়ে আর বিশেষ করে সন্তানের দিকে সঠিক নজর দেওয়ার জন্যে। তাই তার নিজের ইচ্ছে ছেলেকে সে বিদেশ মানে ইউএস পাঠাবেনই।

রূপঙ্করও পড়াশোনায় ব্রিলিয়ান্ট ছেলে ও বাবা-মার বাধ্য সন্তান। তবে সে ছোট থেকেই একটু বেশি চুপচাপ। পড়াশোনা, কবিতা লেখা, ছবি আঁকা এই সবই ওর জগৎ। ওর বাড়ির বাইরে গিয়ে সবার সাথে খেলাধুলো করতে খুব একটা পছন্দ নয় ছোট থেকেই। ওর খুব বেশি বন্ধু জগৎও নেই। অরিন্দমই বলতে গেলে ওর একমাত্র খুব ভালো ও প্রিয় বন্ধু। দুজনেই একই স্কুলে একদম

ছোট থেকে মানে প্রি-প্রাইমারি থেকে পড়ে। দুজন একসাথে স্কুল যাওয়া, একসাথে পাশাপাশি বসা, বাড়ি ফিরে এসে এক সাথে পড়াশোনা করা সব সেই ছোট্ট থেকে করে এসেছে। অরিন্দমও পড়াশোনায় ভালো তবে রূপঙ্করের সাহায্য লাগে ওর, আর তাতে দুজনের কারোর কোনো আপত্তি নেই। উল্টে অরিন্দম রূপঙ্করকে বাড়ি থেকে টেনে বের করে খেলার মাঠে নিয়ে যায়, প্রায় জোর করে। অন্যান্য বন্ধুদের সাথে খেলা করা, গল্প করা, হাসি ঠাট্টা করা সব প্রায় অরিন্দম রূপঙ্করকে দিয়ে এক প্রকার জোর করেই করায়। এর জন্য বন্ধু মহলে সবাই ওদের নিয়ে মজাও করে। ওদের দুজনকে একসাথে দেখলে কৃষ্ণ-রাধা বলে খ্যাপাত। তবে তাতে ওদের দুজনের বন্ধুত্বে কোনো প্রভাব পড়েনি, উল্টে আরো গভীর হয়েছে ধীরে ধীরে। এখন দুজনেই সামনের বছর উচ্চমাধ্যমিক দেবে। সবার আশা রূপঙ্কর ওদের স্কুলের নাম উজ্জ্বল করবে। রাজ্যে তো বটেই, দেশেও ও নিশ্চয়ই খুব ভালো ফল করবে পরীক্ষায়। এমনিতে মাধ্যমিকে ও সমগ্র রাজ্য থেকে প্রথম হয়েছিল এবং এর জন্য অনেক পুরস্কারও পেয়েছিল। মাধ্যমিকের পর দুজনে আবার একই স্কুলে একই বিষয়ে নিয়ে ভর্তি হলো। অরিন্দমের বাবার ইচ্ছে ছিল ছেলে কমার্স নিয়ে পড়ুক এবং আরো ভালো স্কুলে পড়ুক। ওরও মাধ্যমিকে ভালো রেসাল্ট হয়েছিল। ওদের স্কুলে প্রথম দশ জনের মধ্যে ছিল। কিন্তু অরিন্দম জোর করেই সায়েন্স নিয়ে একই স্কুলে থেকে গেল রূপঙ্করকে সহপাঠী হিসাবে পাবে বলে। এতদিনে ওদের বন্ধুত্বটি আরো গভীর হয়েছে। বন্ধুরা মজা করে বলতো, আরে তোরা তো দেখছি এক মেয়েকেই বিয়ে করবি আর না হয় সব থেকে ভাল হয় একে অপরকেই বিয়ে করে নিস। অরিন্দম এতে একটু হলেও রাগ দেখাত আর বলত তোদের কোনো কাজ নেই? নিজের চরখায় তেল দে। সে ভাবত রূপঙ্করের যেন খারাপ না লাগে। ও যেন মনে কোনো আঘাত না পায়।

এমনিতে সে যে খুবই চুপচাপ, কখন কখন তো অরিন্দমের কালঘাম ছুটে যায় ওর মুখ থেকে কথা বার করাতে।

রূপঙ্করের তবে খারাপ লাগত না, বন্ধুদের টিটকিরি করা, কারণ সবাই মজা করলেও, ওকে স্নেহ করত ও ভালোবাসত। তবে একাদশ ক্লাসে এসে, ও যেন উপলব্ধি করল, ওদের দু জনের মধ্যে বন্ধুত্বটি শুধু বন্ধুত্ব নয় বরং ও অরিন্দমকে ভালোবাসে অন্ধের মতন। অরিন্দম যেন ওর পুরো জগৎ। সবার সাথে থাকে, মেলামেশা করে, কথা বলে তবে মন যেন ওর অরিন্দমের কাছে বাঁধা পরে গেছে। কিন্তু মুশকিল হল সে জানে না কি করে ওর নিজের মনের কথা প্রিয় বন্ধুটিকে জানাবে। খেলার মাঠে অনেক সময় অরিন্দম ওকে জড়িয়ে ধরে সবার সামনে। আগে অসুবিধে হত না কিন্তু এখন যেন লজ্জায় ও নিজেকে সঙ্গে সঙ্গে ছাড়িয়ে নেয়। পরে মন খারাপও হয় খুব। ক্লাসেও পড়ার মাঝে যখন অরিন্দমের হাত ওর হাতের ওপর এসে ঠেকে, সারা শরীরে যেন একটা শিহরণ খেলে যায়। সঙ্গে-সঙ্গে সরিয়ে নেয়।

অরিন্দম কদিন থেকে লক্ষ্য করছিল। দেখল, স্কুলে বা সবার সামনে রূপঙ্করের ব্যবহার এক রকম আর সবার অলক্ষে নিজেদের একান্তে অন্যরকম। অরিন্দম কিছুতেই বুঝতে পারছিল না ব্যাপারটি কি হতে পারে? বন্ধুদের মজা কি ওর ভালো লাগছে না আর? নাকি অরিন্দমের বন্ধুত্ব ওর কাছে একটু এক ঘেয়েমি হয়ে পড়েছে? তাই বা কি করে হয়, যখন সন্ধে বেলা একসাথে পড়তে বসে একে অপরের বাড়িতে, সেখানে তো এরকম করে না। উল্টে আরো কাছে আসে, ওর হাত না চাইতেও ধরে, ওর দিকে চেয়ে

থাকে। আর তাতে বেশ বোঝা যায়, তার মনে কিছু একটা চলছে যা রূপঙ্কর বলতে চেষ্টা করলেও বলতে পারছেনা।

সেদিন রাতে অরিন্দম রূপঙ্করের ফ্ল্যাটে পড়তে এলো। ওরা এইরকমই করে। দুজনে দুজনের বাড়িতে একসাথে পড়াশোনা করে। যখন যেখানে ভালো লাগে। দুজন এক সাথে স্কুলের হোমটাস্ক করা, কি পরীক্ষার জন্য রিভাইস করা, কি টিউশনের কাজ কমপ্লিট করা, সব একসাথে করে। দুজনের বাড়ি থেকে কোন আপত্তি করেনি কখনো। বরং স্বপ্নিল উৎসাহিত করে। এতে প্রতিস্পর্ধার জায়গায় সহযোগিতা বাড়ে আর ভালো বিশ্লেষণ করার ক্ষমতা বাড়ে, ও বিশ্বাস করে। দুজনে একই স্কুল ছোট থেকে পড়লেও আগে এক ফ্ল্যাটে থাকতো না। সুবিমল বাবু শুরু থেকেই এই ফ্ল্যাটে আছেন। এটা ওনার করা দ্বিতীয় কমপ্লেক্স যাতে মোট চারটে পাঁচ-তলা করে অ্যাপার্টমেন্ট আছে। এই কমপ্লেক্সটি বারো বছর পুরানো। স্বপ্নিল এখানে এসেছে বছর দশেক হলো। তখন থেকেই অরিন্দম আর রূপঙ্করের একসাথে পড়াশোনা, খেলাধুলো, স্কুল যাওয়া সব।

আজ সন্ধ্যে বেলা দুজন একসাথে রূপঙ্করের বাড়িতে পড়তে বসেছে। অরিন্দম লক্ষ করছিল বেশ কিছুক্ষন থেকে রূপঙ্কর বেশ অন্যমনস্ক। অঙ্কে ক্রমাগত ভুল করে যাচ্ছে যা সে কোনোদিন রূপঙ্করের হতে দেখে নি। উল্টে ওরই ভুল হয় আর রূপঙ্কর ভুল ধরিয়ে দেয়। অনেক সময় এমনও হয় যে অরিন্দম ইচ্ছে করে ভুল করে রাখে, দেখার জন্য যে রূপঙ্কর ভুলটা খুঁজে বার করতে পারে কি না?

‘তুই কি আমায় ভালোবাসিস,’ জিজ্ঞাসা করলো অরিন্দম। হঠাৎ এমন প্রশ্নে একটু থত মত খেয়ে গেল রুপঙ্কর। কি বলবে বুঝে উঠতে পারছেনা। মন তো বলছে হ্যাঁ বলে জড়িয়ে ধরতে অরিন্দমকে, কিন্তু একটা ভয় ও দ্বিধা যেন চেপে ধরছে ওকে। ফ্যালফ্যাল করে চেয়ে রইলো অরিন্দমের দিকে তার পর হটাৎ কখন যেন মুখ দিয়ে হ্যাঁ বেড়িয়ে গেল। তারপরই কাঁদতে শুরু করে দিল।

"তুই আমাকে ভুল বুঝিস না অরিন্দম, আমি খারাপ ছেলে নই। আমি তোকে খুব ভালোবাসি। তোকে ছাড়া আর কাউকে ভালোবাসতে পারব না। তুই কি আমায় ক্ষমা করে দিতে পারবি? আমাকে সমকামী জেনে তুই আমার সাথে বন্ধুত্ব ভেঙে দিবি না তো? তোকে আমাকে ভালোবাসতে হবে না কিন্তু আমাকে খারাপ ছেলে ভেবে দূরে সরিয়ে দিস না। তাহলে আমি মরে যাবো রে।" এই বলে সে অরিন্দমকে জড়িয়ে ধরলো।

"ধুর বোকা ছেলে! কত কি সব বলে গেলি। আমি কি এত কিছু জানতে চেয়েছি। শুধু হ্যাঁ বলবি তো! তা না, তুই খারাপ ছেলে, আমি ভালো ছেলে আর কত কি বলে গেলি। আমার রুপ এত ভীতু আমি আগে তো জানতাম না।" এই বলে অরিন্দম ওকে স্বান্তনা দিল, নিজের পাশে বসাল। রুপঙ্করের চোখের জল মুছলো। তার পর ওর মুখটা নিজের দু হাতের তালুতে আবদ্ধ করে হালকা করে চুমু খেল সোজা ঠোঁটে।

"এবার বিশ্বাস হল? আমি তোকে থারাপ ছেলেও ভাবব না, দুরেও সরিয়ে দেব না।" বললো অরিন্দম। রুপঙ্কর আবার কাঁদতে কাঁদতে ওকে জড়িয়ে ধরল।

-দেখ রুপু! তোকে আমি সত্যি অনেক দিন ধরে ভালোবাসি। আমি নিজেও বুঝে উঠতে পারছিলাম না কি ভাবে তোকে বলব।

-সত্যি!

-হ্যাঁ রে সত্যি! সত্যি! সত্যি! তিন সত্যি বলছি তোর নাম নিয়ে

-তাহলে আমাকে কখনো বলিস নি কেন?

-আসলে আমিও তোর দিক থেকে সিওর ছিলাম না। তুই কি ভাববি সেটাও ভাবতাম। কিন্তু তুই কবে থেকে আমাকে ভালোবাসিস?

-আমি ছোট্ট বেলা থেকেই তোকে ছাড়া কারোর কথা ভাবতাম না। তবে ক্লাস এইটের পর থেকে বুঝেছি এটা শুধু বন্ধুত্ব নয়।

-ও বাবা! আমি ওত ছোট বয়সে ও সব কিছু বুঝতাম না। আমি ক্লাস ইলেভেনে উঠে তোর প্রতি টান আরও অনুভব করতাম।

-তুই কি করে বুঝলি?

-এই গান গাইতে গেলে, গিটার বাজাতে গেলে চোখে তোর মুখ ভাসে। নতুন গান লিখলে তোর কথা মনে পড়ে শুধু। শুনবি?

-হ্যাঁ।

-দেখ তোর জন্য একটা গান লিখেছি। তোকে এটা শুনিয়ে প্রপোজ করব ভেবেছিলাম। রোম্যান্টিক ভাবে। তা আর হলো কই? তবে শোন

হোক না সে এক ছেলে

থাকুক না তার মধ্যে লাবণ্য।

তাতে সবার কেন এতো যায় আসে?

সে তো নির্মল প্রজাপতির মতন

উড়ে বেড়াতে চায়।

সমাজের দায়ে বদ্ধতা কেন নিতে হবে তাকে?

তার মনের কথা কি কখনো কেউ শুনছে সমাজে?

লোকে করে হাসাহাসি পিছনে তার,

দেয় টিটকারি সামনে আবার।

সে চলবে নিজের নিয়মে

মাখবেনা গায়ে বিদ্রুপ সবার।

প্রকৃতির নিয়মে দায়বদ্ধ

শুধুই কি পরবর্তী প্রজন্মের জন্য?

এই প্রকৃতিতে কি নেই কিছু ভিন্ন স্বাদ?

হোক না চলা তার একটু অন্য পথে,

তাতে হবে না কেন সে যুক্ত সমাজের সাথে?

সে দেখে নিজেকে ভিন্ন রূপে,

তার মধ্যে সে চেনে এক নারী স্বত্তাকে।

অধ্যায় ৭
কাউন্সেলিং

সূচন্দ্রিমা স্যন্যাল, counselling psychologist, স্বপ্নিলের বন্ধু সুদীপের স্ত্রী। এনার কাছে নিয়ে এসেছে রূপঙ্করকে। স্বপ্নিল আর তার স্ত্রী, অঞ্জলি। সূচন্দ্রিমার চেম্বার বেশ সাজানো গোছানো। একজন রিসেপশনিস্ট আছে, অল্প বয়সী মেয়ে। তিনি এনাদের নাম, আসার কারণ ও এপয়েন্টমেন্ট আছে কিনা জেনে বসতে বললেন। পুরো চেম্বারটা এয়ার কন্ডিশন এবং এন্ট্রান্স আর ওয়েটিং এরিয়া ছাড়াও দুটো পাশাপাশি ঘর আছে যার একটিতে সূচন্দ্রিমা স্যন্যাল বসেন। ভিতরে একজন আছেন ওনার ঘরে। রিসেপসনিস্ট মেয়েটি নিজের মোবাইলে ডুবে গেল। আজ আর কোনো এপয়েন্টমেন্ট নেই ম্যাডামের। এখন ঘড়িতে প্রায় সন্ধ্যা ছটা বাজে। আগের জন আধ ঘন্টা হয়েছে ঢুকেছেন ম্যাডামের চেম্বারে। এরা যদি বেশি সময় না নেয় তার মানে খুব বেশি হলে আটটার মধ্যে ছুটি পেয়ে যাবে। তবে বলা যায় না। কালই তো দুজনের এপয়েন্টমেন্ট ছিল, কিন্তু রাত সাড়ে নয়টা বাজিয়ে দিয়েছে। উফ্ফ কি জ্বালা। কি এত মানসিক সমস্যা কে জানে বাবা। যত সব বড়লোকদের আদিক্ষেতা, মেয়েটি ভাবল। এরই মধ্যে মোবাইলে নিজের কাজ করে চলেছে, মানে তার সদ্য নতুন প্রেমে পড়া বন্ধুটির সঙ্গে চ্যাট। ছেলেটি কিছু করে না। গ্র্যাজুয়েট, তবে কাজকম্মের কোনো রকম চেষ্টা নেই। সারাদিন পাড়ার ক্লাবে আড্ডা দেওয়া আর মেয়েটির সাথে সন্ধ্যেবেলা ঘুরে বেড়ানো আর বড় বড় বাতেলা মারা। আর মেয়েটির থেকে মাঝে মধ্যেই টাকা ধার নেওয়া। ধারের নাম করে

নিলেও তা আর ফেরৎ কখনো হয় না। তবে মেয়েটি এসব গ্রাহ্য করেনা। মেয়েটিও গ্র্যাজুয়েট। একই সাথে এক কলেজ থেকে পাস করেছে। মেয়েটি এই কাজটা মাস ছয়েক হলো পেয়েছে। সূচন্দ্রিমার এই চেম্বারটি বেশি পুরানো নয়। এক বছর হবে করেছেন। ইনি মনবিদ্যা নিয়ে পোস্টগ্রাজুয়েশন করে এখন আরও উচ্চ শিক্ষার জন্য পড়াশোনা করছেন। সাথে এই চেম্বারটিও সামলান। এরই মধ্যে বেশ ভালোই নাম করেছেন তিনি।   বেশ কিছু হাই প্রোফাইল কেস ভালোভাবে সামলেছেন, তাতে সফলতাও এসেছে আর সাথে সুনামও।

অঞ্জলি রূপঙ্করকে আস্তে করে বললো, 'আন্টি যা যা জিগ্যেস করবেন ঠিক ঠিক উত্তর দেবে কিন্তু। কোনো কিছু লুকবে না কিন্তু'। "আমি জানি ওই প্রোমোটারের ছেলেটাই তোমার মাথাটা খেয়েছে। বেশি টাকা থাকলে যা হয়। নিজে তো না জানি কত কি করে। কারোর কি আর তা জানতে বাকি আছে! নিজের ছেলে মেয়েদের মানুষ করতে পারল না। আমার ছেলেকে খারাপ করতে এসেছে। আমি ছেড়ে দেব নাকি ভেবেছে? তুমি একটু ভাল হয়ে যাও তার পর দেখ ওদের আমি কি করি। মিডিয়ায় এমন বদনাম করব ওদের, যে মুখ দেখাতে পারবে না লোক সমাজে। খুব স্টেটাস দেখানো। সব বেরিয়ে যাবে। নিজের ছেলেকে দিয়ে আমার ছেলেকে খারাপ কাজ করানো।"

রূপঙ্কর কিছু বলল না। শুধু চুপচাপ শুনে গেল তার মায়ের কথা।

"তুমি কিন্তু কিচ্ছু লুকোবে না আন্টির কাছে। আমি তোমাকে আগে থেকে বলে দিচ্ছি। আমি জানি ওই ছেলেটাই যত নষ্টের গোড়া। তোমাকে নিশ্চই ভয় দেখিয়েছিল এই সব করার জন্য? বলো!" স্বপ্নিল তার স্ত্রীর হাতটা চেপে ধরলো। "কি করছো কি। আমরা এসেছি তো এনার কাছে। একটু ধের্য্য রাখ।" না চাইতেও চুপ করতে হলো অঞ্জলিকে।

"উফ্ফ, কত সময় নিচ্ছে আগের জন। বাবা আর পারা যায় না। যত সব জুটেছে আমারই কপালে। যেখানেই যাও অপেক্ষা কর। আর পারি না।" মনে মনে গর্জন প্রকাশ করল অঞ্জলি। এতক্ষনে চেম্বার থেকে আগের জন বেরোল। দুজন ভদ্রমহিলা। হয়ত মা মেয়ে হবে, ভাবল অঞ্জলি। মা যিনি উনি বিধবা আর মেয়েটি বিবাহিতা। নিশ্চই শ্বশুরবাড়ির অত্যাচার। সত্যি শ্বশুর বাড়ির লোকজন সব অমানুষ হয়। ভাবল অঞ্জলি। এরই মধ্যে ওদের ডাক পড়লো। রিসেপসনিস্ট মেয়েটি এদের ভিতরে যেতে বললো।

সূচন্দ্রিমার সাথে স্বপ্নিল আর তার স্ত্রীর আগে থেকে কোন আলাপ ছিল না। সূচন্দ্রিমার বয়স খুব বেশি হলে তিরিশের ঘরের ওপর দিকে হবে। ফর্সা, সুন্দর মুখশ্রী, শান্ত প্রকৃতির ইনি। বুদ্ধিমতী আর ভালো পর্যবেক্ষকও, যেটা ওনার প্রফেশনে খুব কাজের। স্বপ্নিলরা ঢুকতেই নিজেই নমস্কার জানালো – 'আপনাদের কথা শুনি সুদীপের কাছে। বিশেষ করে আপনাদের ছেলে রূপঙ্করের। খুব ব্রিলিয়ান্ট ছেলে আর খুব শান্ত।'

"আর বলবেন না, এত শান্ত আর ভালো মানুষ পেয়েই তো আমার ছেলেটার মাথা খেয়েছে ওর বন্ধু। আর বন্ধু কি করে বলি, শত্রু হবে শত্রু। আসলে আমার ছেলে তো পুরো স্টেটে ফার্স্ট হয়েছিল মাধ্যমিকে, জানেন নিশ্চয়ই। খবরের কাগজে, টিভিতে সব জায়গায় তো দেখিয়েছিল। কতজন এসে ইন্টারভিউ নিলো। আর যেদিন আমাদের CM এওয়ার্ড দিলো আর বলবেন না। আমরা তো ছেলের কাছে যেতেই পারছি না। শুধু রিপোর্টররা ক্যামেরা নিয়ে ওকে ঘিরে ফেললো। আমার যে কত আনন্দ সেদিন কি বলবো। হবে নাই বা কেন। আমি পুরো সময়টা দিয়েছি ওকে। আমিও তো পোস্ট গ্র্যাজুয়েট, ইংলিশে মাস্টার্স করেছিলাম। কত ভাল রেজাল্ট ছিল আমার মাধ্যমিক, উচ্চমাধ্যমিক আর গ্র্যাজুয়েশনে। না কোনো অ্যাওয়ার্ড-টেওয়ার্ড পাইনি তবে বরাবর ফার্স্ট ডিভিশন মার্ক্স ছিল। মাস্টার্স-এ রেজাল্টটা ভালো হয়নি। ওই তখন বিয়ের জন্য বাড়ির সবাই উঠে পড়ে লেগেছিল, তাই মাইন্ডটা একটু ডিসটার্ব হয়ে গেছিল। জানেন, আমি কত লেখা লিখেছি, স্কুল-কলেজের ম্যাগাজিনে ছেপে বেরিয়েছিল। কত ডিবেটে পার্টিসিপেট করেছি সেই স্কুল থেকে। আমি বরাবরই এগিয়ে থাকতে চাই। কিন্তু ছেলের ভবিষ্যতের জন্য নিজেকে স্যাক্রিফাইস করে দিলাম। কত চাকরির অফার এসেছিল। ছেলের জন্য যায়নি, জানেন।" এক নাগাড়ে বলে একটু দম নিলো অঞ্জলি। স্বপ্নিল বেশ লজ্জায় পরে গেছে। অঞ্জলিকে কত করে বুঝিয়েছিল, আগ বাড়িয়ে এরকম করে কোন কিছু না বলতে। এই একটা দুর্বলতা অঞ্জলির। সে নিজের সম্বন্ধে বলতে শুরু করলে আর থামতে পারে না। ছিছি! কি ভাবছেন যে উনি!

সূচন্দ্রিমা শান্ত ভাবে সব শুনল তারপর হাসি মুখে ওনাদের বসতে বলল। জিজ্ঞাসা করল অঞ্জলিকে, "একটু জল খাবেন।"

"না না আমার জল লাগবে না", বলে টেবিলের ওপর রাখা ঢাকা দেওয়া গ্লাস থেকে ঢকঢক করে পুরো জলটা খেয়ে নিল।

"এই যা ভেরি সরি, আপনার জন্য রাখা জলটা খেয়ে নিলাম। ভেরি সরি ম্যাডাম," এই বলে চেয়ারে বসলো অঞ্জলি। তারপর আবার বলতে শুরু করল, "আমি না খুব টেনশনে আছি জানেন। তাই একটু কন্ট্রোল করতে পারছি না হয়ত। আপনি প্লিজ কিছু মাইন্ড করবেন না। "

"না না, মাইন্ড করব কেন। আপনারা তো এসেছেনই আমার সাথে কথা বলতে, নিজের সমস্যা শেয়ার করতে। আপনি নিজেকে একদম রিল্যাক্সড রাখুন আর নিজের কথা নিশ্চয়ই শেয়ার করবেন। তবে এবার আসল প্রবলেম কি সেটা নিয়ে কথা বলতে পারি?" বললো সূচন্দ্রিমা। "স্যার! আপনি বলুন। ম্যাডাম একটু বিশ্রাম নিয়ে নিক ততক্ষন।"

-আমাদের ছেলের জন্য আসা আপনার কাছে। কি করে শুরু করব তাই ভেবে পারছি না।

-এতে ভেবে না পাওয়ার কি আছে। সব দোষ ওই প্রোমোটরের ছেলের। আমি জানি সব আমার ছেলের ভালো রেজাল্টের হিংসায়,

সব চক্রান্ত। স্কুলেরও এর মধ্যে দোষ আছে, আমি পরিষ্কার দেখতে পারছি। ওই প্রোমোটোরের তো অনেক টাকা। নিশ্চয়ই স্কুলকেও অনেক টাকা দিয়েছে। যাতে আমার ছেলে উচ্চমাধ্যমিকে ভালো রেজাল্ট না করতে পারে। আমি কি জানি না। সবাই ওকে হিংসা করে।

বলেই নিজের ছেলেকে আদর করতে লাগলো। "বলো রুপু, আমরা তোমাকে কত ভালোবাসি আর ওরা তাই তো তোমাকে হিংসা করে। তাই না।"

        "আপনি প্লিজ একটু শান্ত হয় বসুন। উত্তেজিত হবেননা একদম। আমি ঠিক সবার সাথে এক এক করে কথা বলব। সূচন্দ্রিমা বেল টিপল।" রিসেপসনিস্ট মেয়েটি আসতে, তাকে তিন গ্লাস জল পাঠাতে বললো।

        "আচ্ছা আপনি একটু গুছিয়ে নিন, স্যার। আমি ততক্ষণ রুপঙ্করের সাথে কথা বলি।" বলো রুপঙ্কর, "শুনলাম তো, তুমি খুব ভালো রেজাল্ট করেছিলে মাধ্যমিকে। তা উচ্চমাধ্যমিকে একই রেজাল্ট বজায় থাকবে তো?"

–আমি চেষ্টা করছি। তবে..

-তোমার এর পর কি নিয়ে এগোনোর ইচ্ছে? নিশ্চয়ই ইঞ্জিনিয়ারিং করার ইচ্ছে, বাবার মতন বড়ো ইঞ্জিনিয়ার হবে?

রূপঙ্কর নিজের বাবা ও মার দিকে একবার দেখে নিল তারপর বলল, "না। আমার মাস্টার্স করার ইচ্ছে ফিজিক্স এ। তার পর পি.এইচ. ডি., জানালো রূপঙ্কর। স্বপ্নিল আর অঞ্জলি অবাক হয়ে তাকালো ছেলের দিকে।"

-বাঃ বেশ। খুব ভালো। সে তো খুব ভালো কথা। তা তুমি বলো কেন এসেছ আমার কাছে, তুমি তা কি জানো?

-হ্যাঁ। আমি আমার এক খুব কাছের বন্ধুকে ভালোবাসি, সেও ছেলে। তাই মা ও বাপি আপনার কাছে নিয়ে এসেছেন আমাকে। বললো রূপঙ্কর।

অধ্যায় ৮
পরিসমাপ্তি এক অধ্যায়ের

আরো কিছু মাস একই ভাবে কেটে গেল। বৃদ্ধের বন্দি দশায় কোন পরিবর্তন এল না। তবে এখন নিয়মিত সপ্তাহে এক দিন করে একজন ডাক্তার চেকআপ করে যান। বস-ও সকালের দিকে একবার ঘুরে যান। খোকনের সারাদিন খুব একটা কাজ থাকে না, রান্নাবান্না আর বৃদ্ধটিকে দেখাশোনা করা ছাড়া। তবে ছুটির কোন অবকাশ নেই। এর বিনিময়ে খোকনের বাড়িতে ভালো রকম টাকাই সময় মতন পৌঁছে যায়। তাই খোকন বেশি কিছু ভাবে না। ওর বাড়িতে ওর বাবা-মা, বউ এক ছেলে আর এক মেয়ে আছে। ছেলের পাঁচ বছর বয়স আর মেয়ে বারো বছর। স্কুলে পড়াশোনা করে। বাড়িতে ওই একমাত্র রোজগার করে। বাবা-মার বয়স হয়েছে। তার ওপর নানান অসুখ-বিসুখ লেগে থাকে।

ওর বাড়িতে জানে যে খোকন কলকাতায় সিকিউরিটি গার্ডের কাজ করে কোনো বড় কোম্পানিতে। বছর দুই হলো ও একটা বিশেষ কাজে নিযুক্ত হয়েছে। সাথে মাইনেও বেড়েছে অনেক টাকা। তাই ছুটি পাওয়া মুশকিল। বলা চলে ছুটি দেওয়া হবে না। আর ফোনেও যোগাযোগ করা যাবে না। খোকন সময় মতন পাবলিক ফোন থেকে কথা বলে নেয় মাঝেসাঝে। খোকনের এখানে কাজ করা বছর দুয়ের কিছু বেশি হয়ে গেছে। ও যখনই এই বৃদ্ধটির কাছে যায়, ওর নিজের বাবা-মার কথা মনে পড়ে। কত

বছর হয়ে গেছে, বাড়ি যায় নি। ছেলে-মেয়েও অনেক বড় হয়ে গেছে নিশ্চয়ই। কবে যে এখান থেকে ছুটি পাবে ও জানে না। মাঝে মাঝে বৃদ্ধটির জন্য খুব খারাপ লাগে আবার কখনো খুব রাগও হয়। বুড়োটা মরেও না! আর ওর জন্য আমারও বলতে গেলে এখানে নির্বাসনে আটকে থাকা।

ও একবার ছুটির কথা তুলেছিল স্যারের কাছে। তাতে তিনি যেমন ভাবে তাকালেন, খোকনের পিলে চমকে যাওয়ার পালা হয়ে গেছিল। স্যার হাবে ভাবে বুঝিয়ে দিয়েছিল যে ওর এখান থেকে এখনই মুক্তি নেই। চাইলে একেবারে ছুটিতে পাঠিয়ে দেওয়া হবে, আর বাড়িও যেতে হবে না। খোকন ভাবল বৃদ্ধটিকে বিষ দিয়ে দিলে কেমন হয়? তাহলে তারও মুক্তি, আর সে নিজেও ছুটি পেয়ে যাবে। না এটাই ঠিক হবে। তাতে বৃদ্ধটি যা কষ্ট পাচ্ছে তার চেয়ে তো এটাই ভালো। ও বরং বৃদ্ধটির উপকারই করবে এই ভাবে। যেমন ভাবা তেমনই কাজ। খোকন ঠিক করে নিল, এবার বাজারে গেলে ইঁদুর মারার বিষ নিয়ে আসবে ভালো কড়া ধাতের। পরে আবার মনে হলো একটা মানুষকে শুধু এইটুকুর জন্য খুন করতে সে পারবে না। যতই হোক, সেই শিক্ষা ও পায়নি। তারপর ও তো চাকরি করছে আর তার পরিবর্তে ভালো মাইনেও পাচ্ছে। আর এই বৃদ্ধটি বেঁচে আছে বলেই না ওর চাকরি আছে, বাড়িতে মোটা টাকা প্রতি মাসে ঠিক সময় পৌঁছে যাচ্ছে। উনি মরে গেলে তো আর সেটা হবে না। তখন নতুন চাকরি পাওয়া এতটা সহজও তো নয়। পুরো পরিবারকে তখন না খেতে পেয়ে মরতে হবে।

খোকন চা তৈরি করে সাথে পাউরুটি টোস্ট আর ডিমের অমলেট করে নিয়ে এসেছে। ঘরের জানালা একটু ফাঁক করে দিল। লুকিয়ে

চুরিয়ে একটু ফাঁক করে দেয় আবার খানিক পরে বন্ধ করে দেয়। থোকন চা জল-খাবারটা টেবিলে রাখে। "দাদু উঠুন। চলুন বাথরুমে চলুন।" বৃদ্ধটি উঠার চেষ্টা করে, থোকন সাহায্য করে আর বাথরুমে নিয়ে যায়। তারপর জলখাবার খাইয়ে দেয়। বৃদ্ধটি আবার বিছানায় শুয়ে পড়ে।

          "আর শুতে হবে না। একটু হাঁটাহাঁটি করবেন চলুন। স্যার আপনাকে বাগানে নিয়ে যাওয়ার অনুমতি দিয়েছেন অল্প কিছু সময়ের জন্য এই সকালের দিকটা।" বৃদ্ধটি তাতে কোনো সাড়া দিল না। বিছানায় শুয়ে পড়ল, পাশ ফিরে।

          বৃদ্ধ ব্যক্তিটির আজ আর কিছু মনে পড়ে না। সারা দিন নিজের ঘরে শুয়ে থাকে চৌকির উপর কড়িকাঠের দিকে তাকিয়ে। অনেক দিন তো টেবিলে খাবারও পরে থাকে যেমন কার তেমন। বৃদ্ধের খাওয়ার কথাও মনে থাকে না। বন্ধ ঘরে দিনের আলো বলতে বন্ধ জানালার ফাঁক ফোকর দিয়ে যা ঢোকে আর ঘুলঘুলি দিয়ে যা আসে তাই। তার কিছু মনে নেই কবে থেকে আর কত দিন এখানে বন্দী হয়ে আছে। ওর বাড়িতে কে কে আছে, কোথায় বাড়ি, এমন কি ওর নিজের কি নাম তাও মনে নেই। সে নিয়ে ভাবেও না। কেউ জিজ্ঞাসা করার মতন ও তো নেই। ভাববে কেন? একজন ভদ্রলোক দেখা করতে আসে, প্রায় খুব সকালে। বেশিরভাগ সময় জগিং সুইট-এ, আর কখনো সুইট আর টাই পরে। খুব চেনা চেনা লাগে, তবে বুঝে উঠতে পারে না কে সে। খুব বেশিক্ষন তো থাকে না, এই মিনিট দশ। আজ বেশ কিছু অচেনা লোকজনের সমাগম ওর কাছে। সবাই কেমন যেন সাদা পোশাক পরা।

"চলুন তৈরি হয়ে নিন, আপনাকে হাসপাতালে নিয়ে যাব আমরা। আপনি অসুস্থ।" বলেন একজন মাঝবয়েশি ভদ্রলোক, যিনি পেশায় ডাক্তার। বৃদ্ধ কিছু বলার চেষ্টা করেও বলতে পারে না। শুধু ফ্যালফ্যাল করে চেয়ে থাকে। ডাক্তারের সাথে আসা দুজন শন্ডা মার্কা লোক বৃদ্ধকে প্রায় কোলপাঁজা করে তুলে নিয়ে বাড়ির বাইরে রাখা একটি বড় কালো কাঁচ ঢাকা গাড়িতে বসিয়ে দিল। এরপর সবাই মিলে উঠে পড়ল গন্তব্যের উদ্দেশ্যে। কেয়ারটেকার লোকটির চোখে জল। এত বছর ও এইখানে কাজে আছে, এই বৃদ্ধটির দেখাশোনার জন্য। সে নিজের চোখের জল মুছে, ঈশ্বরের কাছে প্রার্থনা করল, বৃদ্ধের জন্য।

অধ্যায় ৯
মায়ের আর্তনাদ

অঞ্জলি বলে উঠল, "শুনলেন তো কি নোংরা কথা বলছে। ও না এরকম ছিল না একদম। আমার কথায় উঠত বসত, ঠিক মতন পড়াশোনা করত জানেন। কিন্তু কি হয় গেল আমরা কিছুই বুঝতে পারছিনা। কি লজ্জার ব্যাপার।" প্রায় কাঁদো কাঁদো স্বরে বলল সে।   একটু দম নিয়ে প্রায় রেগেমেগে, স্বপ্নিলকে বলল "তুমি ওই নোংরা ছবিটা এনেছ না! দেখাও ওনাকে। আমার তো রাগে-ঘেন্নায় সাড়া শরীর জ্বলে পুড়ে যাচ্ছে। ইচ্ছে করছে ওকে এখানেই শেষ করে দি।" বলেই রুপঙ্করকে মারতে গেল। স্বপ্নিল আর সুচন্দ্রিমা দুজনেই বাধা দিল।

"কি করছেন আপনি? একটু শান্ত হয়ে নিজেকে কন্ট্রোল করুন। এরকম করবেন না প্লিজ। তাহলে কিন্তু আমি আমার কাজ করতে পারব না।" একটু ধমকের সুরে জানালো সুচন্দ্রিমা। ওর এসব ধাতস্থ। এই কয়েক বছরে এরকম কত দেখেছে আর সামলেছে তার কোন হিসাব নেই। "দেখি কোন ছবির কথা বলছেন উনি," জিজ্ঞাসা করলো স্বপ্নিলকে।

"হ্যাঁ, এই যে।" বলে নিজের বুক পকেটে রাখা একটি ভাঁজ করা কাগজ বার করে সূচন্দ্রিমার হাতে তুলে দিল স্বপ্নিল। সূচন্দ্রিমা ছবিটি খুব ভালো করে দেখল তারপর ফেরত দিয়ে বললো - "আমি রূপঙ্করের সাথে আলাদা করে কথা বলব। আপনারা কাইন্ডলি বাইরে গিয়ে বসুন।" আর কি করবে, বাধ্য হয়েই স্বপ্নিল আর অঞ্জলি দুজনে নিজেদের চেয়ার থেকে উঠে বাইরে ওয়েটিং হলে এসে বসল।

"আমি বলছি, এই মহিলার দ্বারা কিছু হবে না বুঝলে, জানাল অঞ্জলি। আমাদেরকেই বাইরে বের করে দিল! ও বাচ্চা ছেলে, ও কি বোঝে এসব? ওর তো মাখাটাই ঠিক নেই, ওই অসভ্য ইতর ছেলেটি ওকে নষ্ট করে দিতে চাইছে। রূপুর কি এখন নিজের মতন সঠিক ভাবনা চিন্তা করার ক্ষমতা আছে যে কোনটা ভুল আর কোনটা ঠিক, কোনটা ভালো আর কোনটা খারাপ বিচার করতে পারবে? না না এই মহিলাকে দিয়ে হবে না।" তুমি আরও ভালো আর বড় psychiatrist দেখ। আমিও ইন্টারনেটে এ ব্যাপারে আজই বাড়ি গিয়ে খোঁজ খবর নিচ্ছি।", খানিক দম নিতে না নিতেই বললেন, "এই ছেলেটা আমাদের কারোর কাছে মুখ দেখাবার মতন রাখল না। আমরা এই বিষয় আমাদের আত্মীয় স্বজনদের সাথেও আলোচনা করতে পারব না। কি বলব, আমার ছেলে আর একটা ছেলের সাথে! ছিছি!, ভাবতেই আমার কেমন যেন হচ্ছে। হ্যাঁ গো, রূপু ঠিক হয়ে যাবে তো?" বলেই জোরে জোরে কাঁদতে শুরু করে দিল।

সূচন্দ্রিমা জিজ্ঞেস করল রূপঙ্করকে, এবার বলো। কোনো ভয় পাওয়ার কিছু নেই। লজ্জাও করো না। তোমার মন খুলে যা

বলতে চাও, যতটা বলতে চাও। রূপঙ্কর প্রায় কেঁদেই ফেললো। সুচন্দ্রিমা একটি টিস্যু পেপার এগিয়ে দিয়ে বলল, আগে শান্ত হয় নাও। রূপঙ্কর চোখের জল মুছে একটু সময় নিয়ে শুরু করল – আমি আর অরিন্দম সেই ছোটবেলা থেকে একই স্কুলে পড়ি। আমার ওকে খুব ভালো লাগে। ও আমার খুব ভালো বন্ধু, তবে ক্লাস নাইন থেকে আমি বুঝতে পারি যে আমার মেয়েদের দিকে কোনো আকর্ষণ নেই উল্টে ছেলেদেরকেই বেশি ভাল লাগে। ছেলেদের বডি স্ট্রাকচার, ফিসিক, আমাকে বেশি আকর্ষিত করে। আর তারপর থেকেই যেন অরিন্দমকে বন্ধুর চেয়ে একটু বেশি ভালো লাগতে শুরু করে, ওকে কাছে পেতে মন চায়। কিন্তু মনে ভয়ও ছিল, ও জানতে পারলে যদি বন্ধুত্বই ভেঙে দেয় তাই নিজের মনের কথা মনেরই মধ্যে ছিল। কিন্তু ক্লাস ইলেভেনে উঠে যখন ও ওর বাড়ির অমতে সায়েন্স নিল যাতে আমার সাথে একই স্কুলে ও একই ক্লাসে পড়তে পারে, তখন থেকে মনে সাহস এল, ওকে নিজের মনের কথা বলার জন্য। তাও কিছুতেই বলতে পারছিলাম না। আর এ সবের জন্য আমার পড়াশোনাও একটু ডিসটার্বড হচ্ছিল। তা একদিন অরিন্দমই হটাৎ করে আমাকে প্রশ্ন করল যে আমি ওকে ভালোবাসি কি না। আর এই ভালোবাসা বন্ধুর মতন নয়, তার থেকে বেশি, তার থেকে আলাদা। যেমন একটি ছেলে ও মেয়ে ভালোবাসে একে অপরকে।"

সুচন্দ্রিমা খুব মন দিয়ে রূপঙ্করের কথা শুনছিল। হঠাৎ একটা ফোন আসাতে ছন্দপতন হল। রূপঙ্করও একটু থামালো।

"হ্যালো!" কে বলছেন? ফোনটা রিসিভ করে জিজ্ঞেস করলো সুচন্দ্রিমা।

-ঠিক আছে। আপনি কাল একবার আসুন। তিতলিকে ফোনে জানিয়ে রাখবেন অ্যাপয়েন্টমেন্ট এন্ট্রি করে নেবে।

-টাইমটা ওর থেকেই জেনে নেবেন।

-ঠিক আছে। ভালো থাকবেন।

"তুমি আর কিছু আলাদা করে বলতে চাও এখন?" রূপঙ্করকে জিজ্ঞেস করল সূচন্দ্রিমা।

-না আন্টি। জানালো রূপঙ্কর।

-ঠিক আছে। তুমি তাহলে একটু বাইরে গিয়ে বস, কেমন। আর বাবা মাকে আমার কাছে আসতে বল। একদম মন খারাপ করবে না। কোনো ভয় পাওয়ার কিছু নেই। খুব ভালো ছেলে তুমি। আর পড়াশোনাতে যেন কোন ঘাটতি না হয়। মনে রাখবে। ভালো রেজাল্ট করতে হবে। আর মনে রাখবে সব ঠিক হয়ে যাবে। ঠিক আছে? ভালো থেকো।

অধ্যায় ১০
প্রতিশোধ

একজন পঞ্চাশ ঊর্ধ্ব লোককে একটি ঘরে বন্দি করে রাখা হয়েছে। ঘরে একটি চেয়ার আছে তাতে সে বসা। হাত পা পিছন দিক করে বাঁধা। একটি যুবক আনুমানিক উনত্রিশ বছর বয়স ঘরে প্রবেশ করল।

-অরিন্দম! তুই! তুই আমাকে এখানে নিয়ে এসেছিস? কেন? কি জন্য?

-শ: শ: শ:! ঠোঁটে আঙ্গুল দিয়ে লোকটিকে চুপ করতে বলল।

-এত কথা বলে না বাবা। তুমি কি জানো তোমার গাড়ির এক্সিডেন্ট হয়েছে আর তাতে তুমি মারা গেছ? হ্যাঁ, এই দুনিয়ার জন্য এখন থেকে তুমি মৃত। তাই বেশি কথা বলো না। আর হ্যাঁ, এখন থেকে তোমাকে এখানেই থাকতে হবে। তবে চিন্তা করো না। তোমার দেখাশোনার কোনো ক্রটি হবে না। আর তোমার ব্যবসা! তা আমি ঠিকঠাক সামলে নেব। কোনো চিন্তা নেই। এখন থেকে

তুমি হলে তোমার সাম্রাজ্যের সম্রাট শাহজাহান আর আমি তোমারই সেবক আওরঙ্গজেব।

-বলি এসব কি নাটক হচ্ছে? এখনই এই সব নাটক বন্ধ কর, না হলে খুব খারাপ হয়ে যাবে। আমি ভুলে যাব যে তুই আমার ছেলে।

জোর গলায় ধমক দিল সুবিমল। সঙ্গে সঙ্গে তার পাশের দুজন লোক তাকে সপাটে মারলো দু ঘা।

-না না বাবার গায়ে কেউ হাত দেবে না।

-হ্যাঁ। কি যেন বলছিলে? খুব খারাপ হয়ে যাবে? মন দিয়ে ঠান্ডা মাথায় শোন। এখন আর তোমার কিছুই নেই। তোমার টিমের লোকজন, তোমার ব্যবসা, তোমার প্রতিপত্তি সব এখন আমার। তোমারই শেখানো ও দেখানো পথ। নতুন কিছু নয়। হ্যাঁ, যা বলছিলাম। এরা কিন্তু খুবই খারাপ লোক। তোমার পোষা লোকজনদের থেকেও এক কাঠি উপরে। তবে তোমায় মারবে না। তোমাকে তো বাঁচতে হবে। সব হিসাব সমান করতে হবে। তারপর তোমার মুক্তি। তোমার মনে আছে, তোমার মারা প্রতিটি চড়, থাপ্পড়, কিল, ঘুষি সব আমি চুপচাপ সহ্য করতাম। প্রতিটি বেল্টের মার দাঁতে দাঁত চেপে হজম করতাম। তুমি খেয়াল করেছিলে কি কোন দিন, চামড়া ফেটে রক্ত বেরিয়ে পড়লেও মুখে আমি এক

দিনের জন্য, একটুর জন্য়ও উঃ-আঃ ছেরিনি। জানো কেন? এমন নয় যে আমার ব্যাথা লাগতো না, এমন নয় যে আমার প্রচন্ড সহ্য শক্তি ছিল। কারণ একটাই ছিল। এর বদলা আমি ঠিক সময় এলে করায়-গন্ডায় পুষিয়ে নেব।

সুবিমল চুপ করে ছেলের কথা শুনছিল আর এই পরিস্থিতিতে কি করণীয় চিন্তা করছিল।

-আর যেদিন মা তোমার মারের থেকে আমাকে বাঁচাতে গিয়ে আঘাত পেল, যার জন্য সারা জীবনের মতন পঙ্গু হয়ে গেল, সেদিনও আমি চুপ ছিলাম। পুলিশকে তো তুমি টাকা খাইয়ে চুপ করিয়ে দিয়েছিলে। আমি কিন্তু বকামো করে, রাগ দেখিয়ে বাড়ি ছেড়ে বেরিয়ে যায়নি। কারণ তাতে তোমারই সুবিধে। আমি তোমারই তো ছেলে। হিসাবটা খুব ভালো বুঝি। তাই তোমাকে দেখালাম যে আমি ভয় পেয়ে একদম ভিজে বেড়াল হয়ে গেছি, আর তোমার বাধ্য দাসে পরিণত হয়ে গেছি। তুমি ধরতেও পার নি আমার মনে কি খেলা চলছিল। আর দেখ, আজ তোমার সাজানো রাজত্ব আমি কেমন পাল্টে দিয়েছি। এখন থেকে তুমি চলবে, না না চলতে পারবে না তো, তুমি মানবে আমার কথা। শুনবে আমার কথা। ভাববে কাল আমি কি করব, কি বলব, কি দেখাব।

এই বলে অরিন্দম নিজের ছেলেদির কিছু নির্দেশ দিয়ে বেরিয়ে এল। সেই সব ছেলেদের সুবিমল চেনে না। ওর নিজের লোকজন আছে, যারা ওর হয়ে কাজ সামলায়, কোথাও জমি

বিবাদ, কোথাও কোনো পার্টি বা মালিক নিমরাজি, বা কোথাও ওর কোনো বিজনেস রাইভ্যাল সমস্যা সৃষ্টি করছে। তাহলে এদের দিয়ে কাজ উতরে দেয় সুবিমল। কিন্তু গত দু বছর থেকে ও বেশ কিছু পরিবর্তন দেখেছে ব্যবসায় । বিশেষ করে অরিন্দমের সব কিছুতে যেন একটু অতি মাত্রায় ইনভলভমেন্ট। সুবিমলেরও ভালোই লেগেছে ব্যাপারটা, যতই হোক ওর নিজের একমাত্র ছেলে। আর ও তো শুরু থেকে এটাই চেয়েছিল, যে ছেলে ওর ব্যবসাটা ভাল করে বুঝুক, জানুক তা না, কোথা থেকে গান বাজনার ভূত চাপলো ওর মাথায়। আর তারপর সমকামিতার ছোঁয়া।

****

সুবিমল বাবুর অন্তর্ধ্যান হওয়ার ঘটনাটি অরিন্দম খুব সন্তর্পনে বছর খানেক আগে থেকেই গুছিয়ে রেখেছিল। তার জন্য সে প্রথমে বাবার ব্যবসায় যোগ দেওয়ার পর থেকেই ঘুঁটি সাজাতে শুরু করে দিয়েছিল। বাবার বিশ্বাস অর্জন করতে ওর বেশি সময় লাগে নি। উল্টে অরিন্দমের ব্যবসায় অতি উৎসাহ সুবিমল বাবুর ভালোই লেগেছিল। আর তার সুযোগ নিয়ে, অরিন্দম ধীরে ধীরে ওনার বিশ্বস্ত লোকজনদের একে একে নিজের দিকে নিয়ে এল আর না পারলে তাদেরকে সড়িয়ে দিল।

কদিন থেকে সুবিমল বাবু একটু টেন্সড ছিলেন। একটা ভালো প্লট হাতের মুঠোয় এসেও আসছে না কিছুতেই। বেশ বুঝতে পারছিলেন, ওনার অপনেন্ট পার্টি বেশ উঠে পড়ে লেগেছে প্লটটা হাতানোর জন্য। উনিও ছাড়বার পাত্র নন। এতদিনে অরিন্দমও বেশ ভালো

করে বুঝে নিয়েছে ওনার কাজ। তাই অরিন্দমকে ব্যাপারটা হ্যান্ডল করার আর তার কার্য ক্ষমতা ও বুদ্ধি যাচাই করার পরিকল্পনা করলেন। সেইরকম ভাবেই ছেলেকে ডেকে কাজের দায়িত্ব বুঝিয়ে দিলেন। অরিন্দমও এই সুযোগটার অপেক্ষায় ছিল। ওর বিশ্বস্ত লোকেদের কাজে লাগিয়ে দিল। সঞ্জয় বলে ছেলেটি খুব বিশ্বস্ত আর কাজের। বয়স ছাব্বিশ হবে।

অরিন্দম একটা সাইট থেকে ফিরছিল নিজের গাড়ি করে। হঠাৎ গাড়ির সামনে একটা বাচ্চা ছেলে এসে পড়ায় ও গাড়িটাকে বাঁ দিকে ঘোরাতেই গাড়িটা ধাক্কা খেল একটা গাছের সাথে। তারপর ওর আর কিছু মনে নেই। যখন চোখ খুলল, ও তখন একটা হাসপাতালের বেড়ে শুয়ে। না, খুব বেশি চোট লাগেনি তবে মাথায় একটু আঘাত লেগেছে কারণ তখন ওর সিট বেল্ট বাঁধা ছিল না। এমনিতে অরিন্দম নিয়মের বাইরে গিয়ে গাড়ি চালায় না। কালই সন্ধ্যায় বাড়ি ফেরার সময় কিছু একটা চিন্তা করতে করতে সিট বেল্ট আর লাগায় নি আর তাতেই ঘটল বিপত্তি।

সঞ্জয় নামের একটি ছেলে অরিন্দমকে অজ্ঞান অবস্থায় গাড়ি থেকে বার করে তারপর একটা হাসপাতালে নিয়ে যায়। ভাগ্যক্রমে অরিন্দমের কোন বড় আঘাত লাগেনি ও রক্তপাতও হয়নি। নাহলে বড় বিপত্তি হোত। যাই হোক তারপর থেকে অরিন্দম সঞ্জয়কে নিজের সাথে কাজে রেখে দিয়েছে। আর মাস ছয়ের মধ্যেই অরিন্দম বুঝতে পারলো সঞ্জয় বেশ কাজের ছেলে আর ওকে নিজের কোম্পানিতে কাজ দিয়ে ও কোনো ভুল সিদ্ধান্ত নেয় নি।

অরিন্দম বর্তমান সরকার পক্ষের পার্টির নতুন মুখ ও যুবনেতা, রাহুল মালের কাছে সরাসরি সাহায্য চাইল। বিনিময় পার্টিফান্ডের কন্ট্রিবিউশন বাড়িয়ে দিল। সুবিমল বাবুর প্রতিপক্ষ ভাবতে পারে নি যে সুবিমল বাবু এতটা বেশি টাকা খরচ করে দেবে এই প্লটের জন্য, যেটা সত্যি একটু বেশি ছিল। এবং যার জন্য লাভের পরিমান কম তো হবেই, উল্টে লোকসানের একটা ঝুঁকি হয়ে দাঁড়াতে পারে। তাই সে ওই প্লটের দাবি ছেড়ে দিল।

সুবিমল বাবু প্লটটা পাওয়ার জন্য বেশ খুশি হয়েছিল প্রথমে, পরে অতিরিক্ত অঙ্কের খরচের কথা জানতে পেরে বেশ রেগেই গেলেন ছেলের ওপর আর ডেকে বকাবকিও শুরু করে দিলেন।

অরিন্দম প্রথমে কিছুই বলেনি। ও বাবার কথার প্রতিবাদও করেনি। পরে বাবার কথা শেষ হলে, সে পুরো বিষয়টা জানাল। ও বোঝাল যে এটা মোটেই লোকসানের হবে না উল্টে লাভ নিশ্চিত। অরিন্দম জানাল যে ও পুরো ব্যাপারটা বুঝেই আগে থেকে ওই প্লটের মার্কেট ভ্যালু অনেকটাই কমিয়ে দিয়েছিল বাজারে। তার জন্যও কিছু খরচ হয়েছে। তবে সব দেনা পাওনা মিলিয়েও প্লটের দামের চেয়ে খরচ কমই হয়েছে। ও এখানে সঞ্জয় ও তার দলবলের অবদানের কথাও বলে রাখল। সব শুনে সুবিমল বাবু ছেলেকে জড়িয়ে ধরলেন।

এই শুরু তার পর থেকে বলতে গেলে অরিন্দমই বাবার ব্যবসার কান্ডারি হয়ে উঠল। বাবার কাজ ছিল শুধু সব কাজে ওপর ওপর

চোখ বুলিয়ে নেওয়া আর কাগজ পত্রে সই করা। ওনার কিছু বিশ্বস্ত লোকজন যখন অরিন্দমের ব্যাপার-স্যাপার নিয়ে সাহস করে ওনার কাছে বলতে গেল, উনি কানেই তুললেন না।

****

সুবিমল পুরো ব্যাপারটা বোঝার চেষ্টা করল। যতটুকু মনে পড়ছিল, উনি বাড়ি থেকে যখন অফিসের জন্য বেরোলেন, একটা ফোন এল তার পরই অরিন্দমও ওনাকে ফোন করল। এখন যেহেতু ছেলেই ব্যবসায় পুরো মন দিয়ে কাজ করছে, উনি একটু বেলার দিক করেই বাড়ি থেকে বেরোন। উনি গাড়ি ঘুরিয়ে নিলেন আর ফোনের ওপারে থাকা অদৃশ্য লোকটির কথা মতন এগোতে লাগলেন। অরিন্দম আগে থেকেই সব প্লানিং করে রেখে ছিল। সুবিমলবাবু নির্দিষ্ট জায়গায় এসে পৌঁছানো মাত্রই, ওনাকে আর একটি গাড়িতে তুলে রওনা দিল আর ওনার গাড়িটি চলে গেল তার নির্দিষ্ট গন্তব্যে।

অধ্যায় ১১
বেদনাদায়ক স্মৃতি

 মনে মনে ভাবছিল অরিন্দম ফ্ল্যাটের লিফটে উঠতে উঠতে । যথা সময়ে ডিসপ্লে স্ক্রিনে ফোর্থ ফ্লোর ভেসে উঠল আর লিফ্টের ভিতরে দরজা খুলল। মনে মনে একটা ভয় ও আনন্দ দুই কেমন যেন মিলেমিশে তালগোল পাকাচ্ছে। এগিয়ে গেল রূপঙ্করদের ফ্ল্যাটের দরজার দিকে। অরিন্দম আস্তে করে নক করল দরজায়। প্রথমে বেলটা টিপল, কিন্তু ওটা বাজল না। কিছুক্ষণ পর ভিতর থেকে আওয়াজ এল, "একটু দাঁড়ান, আসছি।" আজ প্রায় পনেরো বছর পর অরিন্দম এসেছে তাদের পুরানো আবাসনে। আর এসেই সোজা এল রূপঙ্করদের ফ্ল্যাটে। এর মধ্যে কত বছর কেটে গেছে, কত জল বয়ে গেছে গঙ্গা দিয়ে, কত ঝড় ঝাপটা আছড়ে পড়েছে এই শহরের ওপর, কত পট পরিবর্তন যে হয়েছে – প্রাকৃতিক, রাজনৈতিক, অর্থনৈতিক কিন্তু সে যে তার রূপকে একবারের জন্য ভুলতে পারে নি। আবার খোঁজও নিতে পারে নি। আজ এসেছে এত বছর পরে। কারণ ও এখন আর সেই ছোট বাচ্চা ছেলে নয়। বরং এক বলিষ্ট যুবক। আজ ওর কথা কেউ ফেলতে পারবে না। আজ ওর ওপর ওর বাবার কোনও জোর খাটে না। আজ উল্টে ওই বাবার ব্যবসার একমাত্র কান্ডারী। তার ওপর লোকজন ওকে বেশ সমীহ করে চলে।

ও ফিরে গেল পুরানো এক স্মৃতিতে...

"অরিন্দমরা এখন ওই অ্যাপার্টমেন্টে থাকে না। ওর বাবা প্রায় জোর করেই ওদের পুরো পরিবারকে শহরের অন্য প্রান্তে ওনারই আর একটা ফ্ল্যাটে নিয়ে গেছেন, এক সপ্তাহ হল। সুবিমলবাবুর এরকম চারটে অ্যাপার্টমেন্টে ফ্ল্যাট রাখা আছে যা উনি কাউকে বিক্রি করেন নি। বরং নিজের জন্য সাজিয়ে গুছিয়ে রেখেছেন। সুবিমলবাবু অরিন্দমকেও অন্য স্কুলে নিয়ে যাওয়ার চেষ্টা করেছিলেন কিন্তু তা সফল হয়নি। অরিন্দম ঐ দিনের ঘটনার পর কদিন স্কুল যেতে পারেনি। তার কারণ ওর বাবা ওদের নতুন জায়গায় নিয়ে গেছে, সেখান থেকে স্কুল আসার ব্যবস্থা করে ওঠা হয় নি তখন। তবে দু দিন পরেই ও নিজে থেকে সব ঠিক করে নিল। স্কুল জয়েন করার পর ও যেটা জানতে পারল তা হল রূপঙ্কর আর স্কুলে আসছে না। এদিকে ওর বাড়ি গিয়ে খোঁজ নেওয়ার উপায় নেই। তাই একদিন ঠিক করল, স্কুলের পরে প্র্যাক্টিসের নাম করে তাদের পুরানো আবাসনে আসবে আর ব্যাপারটা জানবে। সেই রকম পরিকল্পনা অনুযায়ী, বাড়ির লোকজনদের থেকে লুকিয়ে রূপের সাথে দেখা করতে, আর ওর মা-বাবাকে বোঝাতে গেছিল অরিন্দম। কিন্তু পারে নি। বড়রা ছোটদের কথা শুনবে কেন? কি বা বোঝে ছোটরা? কতটা দুনিয়া দেখেছে ওরা? বরাবর তো বড়রাই পথ দেখায় ছোটদের, বলে দেয় কোনটা ঠিক, আর কোনটা ভুল। ছোটরাই তো তাদের কথা শুনবে, যেমন আজন্ম কাল ধরে হয়ে এসেছে। তাই ওর আর রূপঙ্করের সাথে দেখা করা হয়ে ওঠে নি। উল্টে আরও অপমান, বকাবকি আর মার খেয়ে ফিরতে হয়েছে। রূপঙ্করের মা, প্রথমেই

দেখে প্রচন্ড রেগেমেগে কয়েক থাপ্পড় কষিয়ে দিয়েছিলেন অরিন্দমের গালে। ও কিছু প্রতিবাদ করেনি। ও জানে, কাকিমা মায়ের মতন। এখন রেগে আছেন, তাই ওকে ভুল বুঝছেন। রূপঙ্করের বাবা এসে সঙ্গে সঙ্গে অঞ্জলিকে থামায়।

"কি করছ কি, নিজের ছেলেকে তো মেরে মেরে শেষ করে দিচ্ছ। ওকেও কি তাই করবে?" বলে স্বপ্নীল।

"হ্যাঁ, বেশ করেছি, পারলে ওকে আমি খুন করে দেব। ওকে চলে যেতে বল আমার চোখের সামনে থেকে।" ঝাঁঝিয়ে উঠল অঞ্জলি।

এই চেঁচামেচি শুনে রূপঙ্করও ভিতর থেকে ওখানে চলে আসে। তারপর রাগে, অভিমানে, দুঃখে অরিন্দমকে বলে, "তুই যদি সত্যি আমাকে এতটাই ভালোবাসিস তো আর কোন দিন এখানে আসবি না। আমি মরে গেলেও না। এই আমি তোকে জানিয়ে রাখলাম।" আর তারপর ভিতরে চলে যায়। এতক্ষনে আশেপাশের ফ্ল্যাট থেকে লোকজন বেরিয়ে আসে আর দেখতে থাকে তামাশা। অরিন্দমও চুপচাপ ওখান থেকে ফিরে যায়।

কি করে কে জানে ওর এখানে আসার কথাটি অরিন্দমের বাবার কানে পৌঁছে গেল। নিশ্চয়ই এখানের কোনো বাসিন্দাই জানিয়েছে। বাবার তো লোকজনের অভাব নেই খবর জোগাড়

করার। সেদিন রাতে তার কপালে জুটল প্রচন্ড মার। সুবিমল তো মদের নেশায় চুড় হয়ে প্রায় ছেলেকে মেরে ফেলতেই বসেছিল, কিন্তু দুর্ভাগ্যবশত ওদের মা মাঝে এসে পড়ায় আঘাতটা গিয়ে লাগল তাঁর মাথায়। সঙ্গে সঙ্গে পড়ে গেলেন উনি।

তার পর কিছুক্ষনের নিস্তব্ধতা।

অরিন্দম ছুটে গেল মায়ের কাছে। কি করবে সে? বাবার কোনো হুঁশ নেই। পুরো মদের নেশায় চুড়। তিনি ওখান থেকে চলে গেলেন। অরিন্দমের ছোট বোনটিও এসে পড়েছে কাছে। দুজনেই কাঁদতে লাগল মাকে জড়িয়ে। কাকে ডাকবে? এখানে সবে মাস দুয়েক হল নতুন এসেছে। তার ওপর, এই আবাসনে সবাই এত একে অন্যের সাথে মেলামেশা করে না ওদের আগের আবাসনের মতন। সবাই যে যার নিজের ফ্ল্যাটের ভিতর বন্দি আর তাতেই আনন্দে আছে। ও তাড়াতাড়ি পাশের ফ্ল্যাটের ভদ্রলোককে ডাকতে গেল, বোনকে মায়ের পাশে রেখে। তিনি সব শুনে বললেন, দেখ আশেপাশে কাকে পেতে পার, হসপিটালে নিয়ে যাও। বলেই দরজা বন্ধ করে দিলেন। ওর ফোনটাও তো নেই ওর কাছে। বাবা কেড়ে নিয়ে রেখে দিয়েছে। সে আবার পাশের আর একজনকে ডাকল আর বলল একটা ফোনে করতে দেবেন। আমার কাছে কোনো ফোন নেই। তিনি একটু সহৃদয় হয়ে নিজের ফোনটি ভিতর থেকে এনে দিলেন। অরিন্দম তার কিছু বন্ধুদের ফোনে ডাকলো। বেশ কিছুক্ষণ পর অ্যাম্বুলেন্স নিয়ে তার এক বন্ধু ও তার বাবা উপস্থিত হলেন আর সঙ্গে সঙ্গে অরিন্দমের মাকে নিয়ে ছুটলেন নার্সিং হোমে। অরিন্দমকেও যেতে হল। সে তার বোনকে বন্ধুটির সাথে বাড়িতেই থাকতে বলল। আর কিছু টাকা পয়সা নিয়ে নিল নিজের সাথে।"

****

একজন বয়স্ক ভদ্রলোক এসে দরজা খুললেন। আর তাতেই অরিন্দমের ভাবনায় ছেদ পড়লো। "কে বাবা তুমি? কাকে চাই?" জিজ্ঞাসা করলেন তিনি। অরিন্দম এক ঝলক দেখে নিলো ভদ্রলোককে। অরিন্দম নিজে পরে আছে পুরো ব্ল্যাক সুট, যা ওর অল টাইম ফেভারিট, চোখে দামি ব্ল্যাক গগলস। চুল ব্যাকব্রাশ করা। সে নিজেও এখন বেশ লম্বা, প্রায় সাড়ে ছ ফুট বলা যেতে পারে। উল্টো দিকের ভদ্রলোক, বয়সের ভারে হোক বা মানসিক অশান্তিতে হোক, অনেকটাই ঝুকে পড়েছেন। চেহারা ভেঙে গেছে। ভদ্রলোকটির পরনে সাদা পায়জামা এবং একটা হালকা নীল রঙের ফতুয়া। চোখে চশমা ও মাথার প্রায় সবকটা চুলই পাকা। সদ্য স্নান করে এসেছেন।

অরিন্দম জিজ্ঞাসা করলো, "আপনি কি শ্রীমান স্বপ্নিল সেন?"

"হ্যাঁ। আমি স্বপ্নিল সেন। তুমি, মানে আপনি কে? কার সাথে দরকার আপনার?"

অরিন্দম স্বপ্নিল বাবুর পা ছুঁয়ে প্রণাম করলো। "কাকু, আমি অরিন্দম । চিনতে পারছেন?"

চশমাটা একটু পরিষ্কার করে নিয়ে ভালো করে দেখল স্বপ্নিল। তার পর, অরিন্দমকে বুকে জড়িয়ে ধরলো। প্রায় কাঁদতে কাঁদতে বলল, "এত দেরি করে দিলে বাবা আসতে তুমি? আমাদের ওপর এত রাগ করে আছো? কত বছর পর এলে বলো তো! পারলে আমাদের ক্ষমা করে দিও। আমরা তোমাদের দুজনের কাছেই অপরাধী।"

"না কাকু, আমি কেন রাগ করে থাকবো আপনাদের ওপর? তবে আসা হয়ে উঠেনি নানান কারণে। আপনারা ভালো আছেন তো?" বলতে বলতে ঘরের ভিতরে ঢুকলো অরিন্দম। লক্ষ্য করলো ঘরে চাকচমক আর জৌলুশও যেন ম্লান। এই বাড়িতে আগে কত এসেছে, থেকেছে, খাওয়া দাওয়া করেছে, এমন কি রাতও কাটিয়েছে তার বন্ধু, তার ভালোবাসা, রূপের সাথে। সেই ছোট্ট থেকে। দুই পরিবারে কত মিল ছিল। ওর বাবা এসবের মধ্যে ছিলেন না কোন দিন। কিন্তু স্বপ্নিল কাকু ও কাকিমা ওকে কত আদর যত্ন করতেন। দুই বন্ধু মিলে একসাথে জন্মদিন সেলিব্রেশন, সিনেমা দেখা, কত আনন্দ করেছে কিন্তু সব কেমন যেন হঠাৎ করে এক ঝরে উল্টে পাল্টে গেল।

"কত দিন পর তোমায় দেখছি। কত বড় হয়ে গেছ বাবা তুমি। বসো। আমি ফ্যানটা চালিয়ে দিচ্ছি। জল খাবে?" জিজ্ঞাসা করল স্বপ্নিল।

"কাকিমা, পিসিমনি কোথায়! আর...." বলেই চুপ করে গেল অরিন্দম।

“কাকিমা মারা গেছেন বছর চার হলো। পিসিমনি স্বর্গে গেছেন আর রুপু, তোমার বন্ধু তার ঘরে আছে।” কাকিমার কথাটা জানতে পেরে মনটা খারাপ হয়ে গেল। অরিন্দমের চোখ দুটো জ্বলজ্বল করে উঠলো, রূপঙ্করের নাম শুনে। *“কিন্তু রূপ আসছে না কেন? ও কি আমাকে একবারে নিজের মন থেকে ভুলিয়ে দিয়েছে?”* নিজের মনে মনে যত ভাবল তত অস্থির হয়ে গেল। স্বপ্নিল জল নিয়ে এলো।

-তুমি এত দিন পর এলে, তোমাকে কিছু দেবার মতন খাবার বাড়িতে নেই বাবা। তোমার কাকিমা চলে যাওয়ার পর আমরা প্রায় মৃত মানুষে পরিণত হয়ে গেছি। ঘরের অবস্থা দেখেই বুঝতে পারছ তুমি। তুমি একটু বসো, আমি কিছু নিয়ে আসি সামনের দোকান থেকে। মিষ্টি খাও তো বাবা তুমি? এখন তো অনেকে মিষ্টি খেতে চায় না। তাই জিজ্ঞাসা করলাম।

-না না! আপনাকে কিছু আনতে হবে না। আমারই উচিত ছিল মিষ্টি নিয়ে আসার। তবে ভুলে গেছি একদম। আর আমি এই কিছুক্ষন আগে সরাসরি অফিস থেকে লাঞ্চ করে বেড়িয়েছি।

-তাহলে আমাদের সাথে দুটো ভাতই নয় খেয়ে নাও আর একবার এখানে।

-আপনাদের খাওয়া দাওয়া হয়নি এখনো? চারটে বাজতে যাচ্ছে! রুপ, সে কেন আসছেনা কাকু? তাকে বলেন নি আমি এসেছি?

-সে বাবা উঠে আসতে পারবে না তোমার কাছে। তোমাকেই যেতে হবে। চল আমি নিয়ে যাচ্ছি।

"হঠাৎ মনে কেন কু ডাকছে! রুপের কি এমন হয়েছে যে উঠে আসতে পারছেনা!" নিজের মনে ভাবল অরিন্দম।

অধ্যায় ১২
আনন্দ মুহূর্ত

অরিন্দম নিজে শ্যাম বর্ণ কিন্তু রূপ, তার গায়ের রং যে কোন সাদা চামড়াওলাকে টক্কর দেবে। আর মুখের মিষ্টত্ব যে দেখবে তাকিয়ে থাকতে বাধ্য হবে। ওদের ক্লাসে সবাই দুজনকে শ্রীকৃষ্ণ-রাধা বলে পিছনে লাগত। অরিন্দম নিজে জানত যে সে কতটা কাটখোট্টা ছিল। না ছিল মুখে মিষ্টত্ব আর না ছিল নমনীয়তা। কিছু ভুলভাল দেখলেই হাত পাকিয়ে মারমুখী হয় উঠতো সে। তবে গুরুজনদের শ্রদ্ধা করা কিংবা ছোটদের স্নেহ করা- এই অভ্যাসটা ছিল ওর মধ্যে।

যে দিন সে প্রথম রূপের ঠোঁটে ঠোঁট রেখে চুমু খেলো! সে দিন রূপ একটা ছোট্ট টুনটুনি পাখির মতন ভয় কাঁপতে কাঁপতে যেন ওর কাছে আত্মসমর্পণ করে রয়েছে মনে হল। তার দু চোখ দিয়ে জল গড়াচ্ছে, ফর্সা গাল দুটো লাল হয়ে গেছে, আর গোলাপি ঠোঁট দুটো যে কি মিষ্টি দেখতে লাগছিল সেই কম্পিত অবস্থায়! সব মিলিয়ে যেন ওর মতন কাঠখোট্টা ছেলেকেও কাব্যিক করে তুলেছিল।

কি রে রূপ! তুই এথনো কাঁদছিস? আচ্ছা বল, কি করলে তুই মানবি যে আমি সত্যি তোকে মন থেকে ভালোবেসেছি, জোর করে নয়। মন থেকে বল আমি তাই করবো। কান ধরে উঠবস করবো একশো বার নাকি সিট-আপ দেব দুশোবার, নাকি ব্লেড দিয়ে হাতে তোর নাম লিখবো আর নয় তো সব খুলে ফেলব নিজের লজ্জা শরম তোর সামনে। তুই যা বলবি আমি তাই করতে রাজি তোর জন্য। একবার তাকা আমার দিকে। কি রে রূপ। এ রকম করছিস কেন? বল কি করব?

"কান ধরে উঠবস।" নিজের চোখের জল মুছতে মুছতে বললো রূপঙ্কর।

-হ্যাঁ!! সত্যি সত্যি করতে হবে? আমি তো মজা করে বললাম! ঠিক আছে তাই করি আর কি করবো! তা কার কান ধরবো, নিজের তো?

"না আমার।" একটু রাগের স্বরে বললো রূপঙ্কর, "কিছ্ছু করতে হবে না। এসে বস আমার পাশে আর আমাকে ছুঁয়ে কথা দে, আমাকে ছেড়ে কোনো দিন যাবি না। আমাকে খুব খুব ভালোবাসবি। আর..."

-আর তোকে খুব খুব আদর করব, তোর জন্যই শুধু গান লিখব, তোকে রোজ একটা নতুন গান শোনাব, আর তোকে

খাইয়ে দেব, তোকে চান করিয়ে দেব, বলিস তো ছুঁচু ও করিয়ে দেবো। ঠিক আছে।

-খুব মারব কিন্তু তোকে বলে দিচ্ছি। এরকম বাজে কথা বললে।

-বাজে কথা কি? ধরে নে তোর খুব শরীর খারাপ হল, বিছানা থেকে উঠতে পারছিস না। তখন কি সব করিয়ে দিতে হবে না? তুই বল।

অধ্যায় ১৩
ফিরে আসা

"কি আপনি কিছু শুনতে পারছেন? চোখ খুলে তাকান ভাল করে। দেখুন আপনার ছেলে এসেছে, আপনার সাথে কথা বলবে। কথা বলুন।", বললেন ডাক্তারবাবু।

বৃদ্ধ আস্তে করে চোখ খুলল। ঠোঁটটি কাঁপল একটু, "জল.. জল.. খাবো।"

-বাবা, আমি অরিন্দম। চিনতে পারছ কি? না চিনতে পেরে আর উপায় নেই। চিনতে তোমাকে হবেই।

-অ.. অরিন.. দম, হ্যাঁ আমার ছেলে। সে ছোট্ট ছেলে আমার। একদম পড়াশোনা করতে চায় না। জল.. জল.. খাবো একটু বাবা।

-ওনাকে জল দিন একটু। ডাক্তার বললো নার্সকে। উনি একটা মানসিক আঘাতের মধ্যে রয়েছেন", বললেন ডাক্তার।

-হুম, বুঝেছি। কিন্তু এর থেকে বার করে আনতে হবে। জানাল অরিন্দম।

-আমরা চেষ্টা করছি। আসলে বয়েসটা তো অনেক হয়েছে। কতটা নিতে পারবে বোঝা মুশকিল।

-আপনারা চেষ্টা করুন। আমিও অন্য উপায় বের করছি। ওনাকে ওনার স্মৃতি ফিরিয়ে বর্তমানে ফিরিয়ে আনবই। যে করে হোক।

অরিন্দম তারপর হসপিটাল থেকে বেরিয়ে এল। আজ আর সেরকম কোনো অফিসের কাজ নেই। এখন ব্যবসাটা একটু মন্দা চলছে। তবে তাতে ওর কিছু এসে যায় না। ও ব্যবসাটা সবার থেকে আলাদা ভাবে, খেলার মতন করে। আর খেলাতে তো হার জিত থেকেই থাকে। তবে এই ব্যবসায় আজ এখনও অব্দি কেউ ওর স্থায়ী প্রতিপক্ষ হয় উঠতে পারে নি। আজ একবার রূপের বাবার কাছে যেতে হবে। রূপকে নিজের বাড়িতে নিয়ে আসার পর আর ওনাদের কাছে যাওয়া হয় নি। ফোনে কথা হয়েছে নিয়ম করে কিন্তু একবার যাওয়া উচিত। আর যেখানে প্রায় এক মাস হতে চলল, রূপ ওর কাছে আছে। তাই হাসপাতাল থেকে বেরিয়ে গাড়ি নিয়ে ছুটলো ওদের পুরানো আবাসনে। ও স্বপ্নিল কাকু আর পিসিমনিকে অনেক করে বলেছিল, রূপের সাথে, ওর কাছে এসে থাকতে। কিন্তু ওনারা কিছুতেই রাজি হলেন না। ওর নিজেরও খুব একটা তাড়ার কিছু নেই। ও জানে একদিন রূপ সুস্থ হবেই আর সেদিন ওনাদের ওর কথা শুনতেই হবে। এখন ওর পুরো ধ্যান জ্ঞান হলো রূপকে সুস্থ করে তোলা।

"এসো বাবা বসো। রূপু কেমন আছে? যদিও বা তোমাকে জিজ্ঞেস করা আমার মোটেই উচিত নয়। জানি ওর যত্ন যতটা তুমি নিতে পারবে, ওর ভাল মন্দের খেয়াল তুমি রাখবে, ততটা আর অন্য কেউ কেন, আমরাও করতে পারবো না।" বলল স্বপ্নিল।

"না না কাকু, ওরকম বলবেন না। আপনি বা পিসিমনি তো শুধু রূপের অভিভাবক নন আমারও। আর দেখাশোনার কথা বলছেন, সে তো আমি যেমন মায়ের করে এসেছি এত দিন রূপেরও করছি। ওরা দুজনেই আমার কাছে মূল্যবান। দুজনকেই আমি হারাতে পারব না।" বললো অরিন্দম।

"আচ্ছা কাকু আপনাকে আমি রূপের সব কাগজপত্র, ডাক্তারের দেওয়া ওষুধ ইত্যাদি একদম শুরু থেকে, বার করে রাখতে বলেছিলাম, সব পেয়েছেন তো?" জিজ্ঞাসা করল অরিন্দম। রূপের পিসিমনি চোখের জল মুছতে মুছতে জিজ্ঞাসা করলো, রূপু কিছু কথা বলে তোমার সাথে? আমাদের সাথে তো কথা বলা বন্ধই করে দিয়েছে। কত বছর হল ওর গলার স্বর শুনি নি। অরিন্দম উঠে গিয়ে সান্ত্বনা দেওয়ার চেষ্টা করলো ওনাকে। সব ঠিক হয়ে যাবে পিসিমনি। আমার দৃঢ় বিশ্বাস, দেখবেন রূপ আবার আগের মতন সেরে উঠবে। আমি কি রূপের কিছু পুরানো জিনিসপত্র দেখতে পারি?"

-হ্যাঁ, নিশ্চয়ই। তবে তুমি যা খুঁজতে চাইছ তা বোধ হয় পাবে না। তোমার কাকিমা তোমাদের সব স্মৃতির চিহ্নগুলো নয় জ্বালিয়ে নষ্ট করে দিয়েছেন আর না হয় ফেলে দিয়েছেন। জানাল স্বপ্নিল।

-তাহলে আর দরকার নেই। আমার বাবাও আমার ব্যক্তিগত সব স্মৃতিচিহ্ন রাখতে দেন নি। এমন কি আমার সাধের গানের ডাইরি পর্যন্ত আমাকে হারাতে হয়েছে।

-রাগের বশেতে আমরা যে কি ভুল করি তা তখন বুঝতে পারি না। সত্যি তো আমরা বড়রা নিজেদের বোধবুদ্ধির বাইরে কিছু নুতন ভেবে দেখতে বা মানতে চাই না। আমি তোমার বাবাকে পুরো দোষ দেব না। আমরাও সমান ভাবে দোষী। সব কিছুকেই একটু সময় দিতে হয়। তাড়াহুড়ো করলেই যে সমাধান বেরোবে বা না করলে হিতে বিপরীত হয়ে যাবে তা কিন্তু সম্পূর্ণ ভুল ধারণা।

অরিন্দম চুপ করে শুনছিল স্বপ্নিলের কথাগুলো। ও বরাবরই দেখে এসেছে কাকু কতটা ধীরস্থির আর সব কিছুকে বোঝার ও পর্যবেক্ষণ করার কি অসাধারণ ক্ষমতা তার। স্বপ্নিল বলে চললো "সেদিন যদি তোমার বাবা অতটা হাইপার এক্টিভ না হয়ে পড়তেন আর আমাকে আলাদা করে ব্যাপারটা না জানতেন, তাহলে আমি হয়ত পুরো বিষয়টা আলাদা ভাবে হ্যান্ডেল করতাম। তবে এই নয় যে আমি সমকামিতার ব্যাপারটা খুব একটা বুঝি বা সাপোর্ট করি, তবে হয়তো ..", আর বলতে পারলেন না। নিজের চোখের জল মুছতে হলো তাঁকে।

-সব দোষ বোধহয় আমারই, কাকু, আর শাস্তি পাচ্ছে রূপ।

-না না, ছি ছি, একি বলছো তুমি। আমি তোমাকে বা রূপুকে কোন দোষ দিচ্ছি না বাবা। আমাকে ভুল বুঝ না। আসলে জীবনটা তো এক বা দু দিনের নয়। সেখানে স্বাভাবিক ভাবেই আমরা দেখি একজন পুরুষ আর একজন মহিলার মধ্যে যে সম্পর্কটা হয়, স্বামী স্ত্রীর সম্পর্ক, তার থেকে দুজন সমলিঙ্গ ব্যক্তির সম্পর্কটা এখনও আমাদের সমাজে স্বীকৃত নয়। আর দুজনের দায়িত্ব তো শুধু নিজেদের বা একে অপরের জন্য নয়, পরবর্তী প্রজন্মকে এই পৃথিবীতে আনা আর তাকে একটি সুস্থ জীবন দেওয়াও কিন্তু আমাদের দায়িত্বের মধ্যে পড়ে। তো তবে কি ব্যতিক্রম নেই? তাও আছে। কত স্বামী স্ত্রীর বিবাহ বিচ্ছেদ হয়, কত জন একটি সন্তানের জন্য হা-হতাশ করে জীবন কাটিয়ে দেন আবার উল্টো দিকে অনেক জন একাই পুরো জীবন সমাজের জন্য, দেশের জন্য সমর্পিত করেন। আসলে কি জানো, যেটা আমি বুঝলাম তা হলো, সব কিছুরই নিজের ভালোমন্দের দিক আছে, একটা গুরুত্ব আছে সমাজে। হয়তো আরও কিছু সময় লাগবে আমাদের সমাজকে পাল্টাতে তোমাদের মতন মানুষজনকে বুঝতে, ভালোবাসতে আর আপন করে নিতে। আর দেখ, আজও সমাজ এই সমকামিতার বিষয়টাকে সহজ করে নেয় নি। কিন্তু অন্য দেশে বিষয়টা যতটা সহজ সরল আমাদের এখানে কিন্তু ব্যাপারটা সেরকম নয়। ভারত সরকারও বিষয়টির উপর যথেষ্ট জোর দিয়েছে। তাই সুপ্রিম কোর্ট থেকে সমকামিতা আইন পাশ হয়েছে। পনেরো বছর আগে বিষয়টাকে উপলব্ধি করতে না পারলেও, আজ পরিস্থিতির স্বীকার হয়ে আমি জানি এটা কত বড় একটা পদক্ষেপ

, কত লক্ষ লক্ষ রুপঙ্কর অরিন্দমের জীবন ভালো ভাবে চালাতে সাহায্য করবে তার সত্যি কোন তুলনা নেই। কিন্তু এই সমাজে কত জনই বা আমাদের মত চিন্তা ভাবনা করবে বল। এই দেখ কথা বলতে বলতে অনেক দেরি হয়ে গেল। সেই কখন এসেছ। খাওয়াও তো অনেক আগে হয়েছে। দাঁড়াও কিছু বানিয়ে নিয়ে আসছি তোমার জন্য।

"থাক থাক তোকে আর কিছু করতে হবে না। ছেলেটা সেই কখন এসেছে। এক গ্লাস জলের কথাও তো জিজ্ঞেস করিস নি পর্যন্ত।" বললেন পারমিতা টেবিলে খাবারে ট্রেটা রাখতে রাখতে।

-আরে পিসিমনি এত সব কেন করতে গেলে আমার জন্য? কোথায় আমি তোমাদের একটু সেবা যত্ন করব, তা না তুমি এখন..

-এখন চুপটি করে যা এনেছি সব শেষ করো তো দেখি। না হলে তোমার কান কিন্তু আমি এখনো মূলতে পারি। সেটা জেনে রেখো।

তিন জনেই হেসে উঠলো।

অধ্যায় ১৪
শুধু দুজনে

ক্লাস টেন। স্কুল থেকে এক্সকর্শান অর্থাৎ শিক্ষামূলক ভ্রমনের জন্য শান্তিনিকেতন যাওয়া স্থির করা হল। শনিবার সকালে বেরিয়ে রবিবার ব্যাক। রুপঙ্করের মা কিছুতেই রাজি ছিলেন না ছেলে এমন ভাবে বাড়ির বাইরে যাক। তাঁর মনে হতে লাগল স্কুল এইভাবে ব্যবসা করার জন্য জোর করছে স্টুডেন্টদের উপর এবং তাদের অভিভাবকদের ওপর চাপ সৃষ্টি করা হচ্ছে। রুপঙ্করকে এই ভাবে বাড়ির বাইরে রাত কাটাতে দিতে তিনি নারাজ। সঙ্গে দু দিন পড়াশোনার ক্ষতি। সামনে মাধ্যমিক পরীক্ষা। তিনি কিছুতেই ব্যাপারটা মেনে নিতে পারলেন না। অবশেষে অরিন্দম ব্যাপারটির মধ্যে ঢুকল। সে নিজে এসে রুপঙ্করের মাকে বোঝাল ও আশ্বস্ত করল যে এতে রুপের একঘেয়েমি কাটবে তাতে পরবর্তীতে সে আরও ভালোভাবে পড়াশোনায় মন বসাতে পারবে। আর তাছাড়া স্কুলের প্রিন্সিপাল স্বয়ং থাকবেন ও অন্যান্য শিক্ষক শিক্ষিকা যাঁরা কড়া দৃষ্টিতে প্রতিটি স্টুডেন্টকে পাহারা দেবেন। ক্লাসের সবাই সেখানে যাবে ঘুরতে আর রুপ একা না গেলে সেটা তাকে মানসিক আঘাত দেবে। তিনি অনেক কষ্টে রাজি হলেন। রুপঙ্কর মনে মনে ভাবল সে তার ভালোবাসার মানুষটির সাথে দু দিন একাকীত্বে কাটাতে পারবে। প্রকৃতির মাঝে নিরিবিলিতে। কোনো বাধা নেই, বাড়ি যাওয়ার পিছুটান নেই। কোনো পড়াশোনার ঝামেলা নেই। আর তাছাড়া ক্লাস টেনে ওঠার পর পড়াশোনার জন্য এমনিও অরিন্দমের সাথে তার আর আগের মত সময় কাটানো হয় না।

আর কিছু মাস পর মূল পরীক্ষা তাই এই দু দিন কিছুতেই হাতছাড়া করা যাবে না। অবশেষে ক্লাসের অন্যান্য স্টুডেন্টদের সাথে রূপঙ্কর ও অরিন্দম শান্তিনিকেতনের উদ্দেশ্যে বেরিয়ে পড়ল।

গাছ পালা ঘেরা শান্ত প্রকৃতি, রাঙা মাটির দেশ, পলাশ বনের স্বর্গ। বাংলার প্রকৃতি কত বৈচিত্র্যপূর্ণ তা হয়ত কখনোই শহরে বসে অনুভব করা যাবে না। এমনিতে রূপঙ্কর বইয়ের জগত থেকে বেরোনোর ফুসরত পায় না, কিন্তু এমন প্রাকৃতিক সৌন্দর্য তার মনেও দোলা লাগিয়ে দেয়। পলাশের লাল রং তার মনে ভালোবাসার আকুলতা আরও বাড়িয়ে তোলে। সমাজের বেড়াজাল ভেঙে প্রেমিকের হাত ধরে লাল রাঙা মাটিতে দাঁড়িয়ে পলাশ গাছের নিচে ভালোবাসার সকল অনুভূতি আজ উজাড় করে দিতে তার মন চাইছে। অপর দিকে অরিন্দম পল্লী সমাজের আচার অনুষ্ঠান, তাদের সংস্কৃতি, ভাষা ইত্যাদি জানতে অধীর আগ্রহে আছে। সে চাইছে একবার একতারা ধরে একটা মনের গান লিখে ফেলতে। এই মাটিতে বসে রবি ঠাকুর যে কালজয়ী সৃষ্টি করেছেন যা বাংলা সাহিত্যে চিরকাল স্বর্ণোজ্জ্বল হয়ে থাকবে। সেই টান সে নিজের মধ্যে অনুভূত করতে চাইল।

ছাত্র ছাত্রীদের হোটেল থেকে বেরোনো মানা ছিল। কেবলমাত্র শিক্ষক শিক্ষিকারা যখন নিয়ে যাবেন তখনই। সকালে নানান দর্শনীয় স্থানগুলো ভ্রমনের মাধ্যমে শিশু মনে রবীন্দ্রনাথ ঠাকুরের চিন্তা, তাঁর দর্শন, প্রকৃতির সাথে শিক্ষার নিবিড় সম্পর্ক বোঝানো হয়। বিকেল বেলায় হোটেলে ঢুকে সকলকে বিশ্রামের জন্য বলা হয়। তার পর রাতে কাছে এক গ্রামে এক সাঁওতালি শোরাই নৃত্য অনুষ্ঠানে সকলের হাজির হওয়ার কথা। অরিন্দম মূলত এই ব্যাপারে

খুব আগ্রহী ছিল। তার শান্তিনিকেতন আসার মূল কারন যে এটাই ছিল সেটা বলা চলে। সন্ধ্যা বেলা অরিন্দম হটাৎ রূপঙ্করকে ঘুম থেকে তুলে বলল

-চল! একটা জায়গায় যাব।

-কোথায় যাবি?

-সামনেই। চল তোর খুব ভালো লাগবে।

এই বলে সে পিঠে একটা ছোট্ট ব্যাগ নিয়ে তাতে একটা জিনিস ঢোকালো। অন্ধকারে ঠিক মত দেখতে না পেয়ে রূপঙ্কর জিজ্ঞাসা করল, "এটা কি?"

রূপঙ্করের কোন কথার উত্তর না দিয়ে অরিন্দম তার হাত ধরে বেরিয়ে পড়ল। পূর্ণিমার আলোয় চারদিক খুব একটা অন্ধকার লাগছে না। খোয়াই নদীর মজে যাওয়া জলের ধার ধরে দুজনে হাঁটতে লাগল। অরিন্দম জিজ্ঞাসা করল

-কি রে রূপ? কেমন লাগছে জায়গাটা বল।

-সত্যি অসাধারন। কিন্তু আমার খুব ভয় করছে।

-চুপ ভীতু। ভয় পাওয়ার কি আছে?

-হোটেলে সবাই জানতে পারলে কি হবে ভেবেছিস?

-কেউ কিছু জানতে পারবে না। সবাই টায়ার্ড, ঘুমাচ্ছে। আমরা একটু পরেই চলে যাব। কিন্তু এমন প্রাকৃতিক সৌন্দর্য চোখে না দেখলে ঘুরতে আসার মানে কি?

-তুই তাড়াতাড়ি ফিরে চল প্লিজ।

-আচ্ছা রুপ তুই কি কাউকে ভালবাসিস?

-মানে?

-মানে আর কি। এমন জায়গায় এসে তোর কি তার কথা মনে পড়ছে না।

রূপঙ্কর মনে মনে ভাবল অরিন্দম কি অন্য কাউকে ভালোবাসে। সে এত দিন মনে মনে যা ভাবত সবই তাহলে কল্পনা ছিল। রূপঙ্করের

ভাবনাতে ছেদ এনে অরিন্দম তার ব্যাগ থেকে একটা একতারা বার করল। পূর্ণিমার আলোয় সেটা স্পষ্ট বোঝা যাচ্ছিল। হটাৎ রূপঙ্করকে চমকে দিয়ে অরিন্দম বলে উঠল, "এই পলাশ বনের দেশে এসে আমি তোর জন্য একটা গান লিখেছি। শুনবি?" রূপঙ্কর ভেবে পেল না অরিন্দম তার জন্য কেন গান লিখেছে? সে আলতো ঘাড় নেড়ে সম্মতি জানাল। তারপর অরিন্দম একতারা বাজিয়ে পুরো পরিবেশে যেন এক প্রেমের জোয়ার নিয়ে এল। আর গেয়ে উঠল –

তোকে পেয়ে আবার লিখছি গান

নিয়েছি খাতা আর নতুন কলম

কত দিন তোর নিইনি খবর

কেমন ছিলি তুই আমায় ছাড়া

মন বলে চল খেলি দোল

না হোক আজ বসন্ত

তুই আমি দেব রং

করবো আজ প্রেম জীবন্ত

লাল নীল হলুদ সবুজ

তুই বাদে সব রং যেন অবুঝ

বোঝেনা ভালোবাসার মানে

তবু আমাকে তোর কাছে টানে

তুই যেদিন আবার উঠবি হেসে

জীবন খুঁজে পাবে তার মানে

আমি আছি যখন তোর পাশে

জিতবই আমরা এই মন জানে

অরিন্দম গান থামিয়ে দিলেও, একতারা ক্রমাগত বাজাতে লাগল। একতারার মধুর সুর আর তার কণ্ঠের গান যেন প্রতিধ্বনি হতে লাগল। আর বিস্ময় চোখে রূপঙ্কর অরিন্দমের দিকে চেয়ে থাকে।

অধ্যায় ১৫
কঠিন লড়াই

কি হয়ে গেল এর মধ্যে। কোথায় সেই ওর পুরানো প্রাণবন্ত বন্ধু রূপ আর কোথায় আজ বিছানায় শুয়ে নিজীব একটি কাঠ হয়ে যাওয়া শরীর মাত্র। রূপের খাটের কাছে দাঁড়িয়ে ভাবছিল অরিন্দম। তার দুই চোখে জলের ধারা। রূপ কি বুঝতে পারছে? "এই রূপ, একবার আমার দিকে তাকা। আমার চোখে চোখ রেখে বল তুই আমাকে এখনো ভালোবাসিস। আগের মতই একই ভেবে ভালবাসিস বল। দেখ আমি কিন্তু একটুও পাল্টাই নি। আর তুই পাল্টে গেলি? স্বার্থপর কোথাকার। ভুলে গেলি এভাবে আমাকে?"

না, অরিন্দম আর পারছে না, এই ভাবে রূপকে শুয়ে থাকতে দেখতে।

"কি করবো বল তোর জন্য, একশো বার কান ধরে উঠবস করবো, নাকি সিট-আপ দেব দুশো-পাঁচশো যতবার বলবি, বল না একটি বারের জন্য। নাকি নিজের সব জামা কাপড় খুলে উলঙ্গ হয়ে দাঁড়াব তোর সামনে। তুই দেখতে চেয়েছিলি না একদিন। মনে আছে, সে দিনের কথা। আমি আর তুই ছিলাম শুধু তোদের বাড়িতে। হোমসেক্স সিনেমা নিয়ে কথা হচ্ছিল। তুই হঠাৎ বললি,

অরু তুই যা যা করবি আমার জন্য বলে কথা দিয়েছিলি, তার মধ্যে একটাও কিন্তু করিস নি।"

আমি বলেছিলাম, "কি কথা দিয়েছিলাম, আর কবে? আমার তো মনে পড়ছে না। তুই বললি, কেন আমাকে বলেছিলি আমার জন্য সব করতে পারবি, কান ধরে উঠবস, সিট-আপ এমন কি উলঙ্গ হতে লজ্জা পাবি না। মনে পড়ল?"

-ওহ, সে তো তোকে স্বান্তনা দেওয়ার জন্য। না হলে তোর কান্না থামাতে চাইছিলিস না যে। তাই বলেছিলাম। সত্যি সত্যি কেউ করতে পারে নাকি।"

-আমার তোকে কোনো কিছু না পরে দেখতে খুব ইচ্ছে করছে।"

-কি দেখবি, আমরা দুজনেই তো ছেলে। তাই নয় কি। আলাদা আর কি দেখার আছে?"

-আমার   জন্য এতটুকু করতে পারবি না।"

-আচ্ছা বাবা। যেমন তুই বলছিস। তোর কাছে আমার সত্যি কোনো লজ্জা নেই। খুলছি ঠিক আছে। তারপর তুই আমাকে

মাঝখানে থামিয়ে দিলি। বললি এখন থাক, তোকে পুরোপুরি উলঙ্গ দেখা অন্য আর একদিনের জন্য আপাতত তোলা থাক।

"তুই বল না প্লিজ একটি বার মুখ ফুটে বল। কথা বল না রূপ", বলে চিৎকার করে কাঁদতে লাগল অরিন্দম। কিন্তু রূপঙ্করের কোনো চেতনা যেন নেই। সিলিং-এ লাগানো ফ্যানটার দিকে এক পলকে চেয়ে আছে। অরিন্দম ওকে জোরে ঝাঁকুনি দিল। তাতে চোখের পলক পড়ল আর অরিন্দমের দিকে চাইল। ব্যাস। ওইটুকুই। চিৎকার শুনে ওর বোন ছুটে এলো আর দরজায় ধাক্কা মারতে লাগল। "কি হয়েছে দাদা, দরজা খোল বলছি।"

অরিন্দমের হুঁশ ফিরল। সে নিজেকে একটু সামলে নিয়ে দরজা খুলল।

-দাদা, কি হয়েছিল। তুই হঠাৎ চিৎকার করে উঠলি? আমি ভয় ছুটে এলাম। প্রথমে মায়ের ঘরে গেলাম তার পর এখানে।"

-না না কিছু হয়নি। আমি একটু ভেঙে পড়েছিলাম। এখন ঠিক আছি। মা ঠিক আছে তো?

-হ্যাঁ। আমি ওখান থেকে আসছি। সুমিতা দিদি আছেন মায়ের কাছে।"

ইন্দ্রানী, অরিন্দমের বোনের নাম আর সুমিতা দি ওদের মায়ের আয়া, ওনার সব দায়িত্ব তার কাঁধেই বলা চলে। সেই শুরু থেকেই রয়ে গেছেন। তখন ওরা কত ছোট ছিল। ইন্দ্রানী তো একদম ছোট, ক্লাস ফোরে পড়ে। সেই রাতের কথা ভাবলে এখনও অরিন্দমের গায়ে কাঁটা দেয়। নিজের চোখের সামনে মাকে কেমন করে যেন পড়ে যেতে দেখল। তারপর রক্তের ধারা মেঝেতে। ছোট বোনটা ভয় কাঁপছে। জোরে জোরে কাঁদছে। যেন দম বন্ধ হয়ে আসছে তার। ওর নিজের দিক-বিদিক কোন হুঁশ নেই। কি করবে, কোথায় যাবে, কিছু মনে আসছে না। ওর বন্ধুটির বাবা যদি এসে সাহায্য না করত তাহলে কি যে হতো সেদিন, ভেবেই ভয় শিউরে ওঠে সে। অনেকটা রক্তক্ষয় হয়ে গেছিল, তার ওপর মাথায় আঘাতটাও ছিল বেশ গভীর। ওদের মা আর ভালো হয়ে উঠতে পারে নি। ওনার একটা দিক পুরোপুরি প্যারালাইজড হয়ে গেছিল বরাবরের জন্য। পুলিশ কেসও হয়েছিল, তবে বাবা টাকার জোরে সব সামলে নিয়েছিল। অরিন্দমও এর কোন প্রতিবাদ করে নি, উল্টে বাবার একেবারে বাধ্য ছেলে হয়ে পরল। তাতে ওর বাবাও একটু নিশ্চিত হলো এই ভেবে যে ছেলে ঠিক পথে ফিরে এসেছে। আর যত সব ভূত ওর মাথা থেকে বেরিয়ে গেছে। সেই থেকে সুমিতাদি ওদের মায়ের সাথে সাথে ওদেরও দেখাশোনার ভার নিল। এখন সুমিতাদি ছাড়া ওদের এক পাও চলে না। আর সুমিতাদি ও ওদের নিজের মতন করে বড় করে তুলেছে।

সুমিতাদি বিয়ে থা করেন নি। এখন বয়স প্রায় পঞ্চাশের কাছে। উনি বেশ গরিব ঘরের মেয়ে ছিলেন। বাড়িতে বিধবা মা আর ছোট দুই ভাই। লেখাপড়া খুব বেশী দূর হয়নি।   আয়া

সেন্টারে বা বিভিন্ন নার্সিং হোমে কিংবা বাড়িতে আয়ার কাজ করতেন। যে নার্সিং হোমে অরিন্দমের মা ভর্তি ছিলেন সেখান থেকেই যোগাযোগ করে ওনাকে নিজের বাড়িতে নিয়ে এসেছিলেন সুবিমল বাবু নিজের স্ত্রীর দেখাশোনা করতে। সত্যি বলতে কি, রাগের বসে আর মদের নেশায় যে ভুলটা করে ফেলেছেন তা তো আর পাল্টানো যাবে না, যতই অনুশোচনা হোক, তাই যেটা করা যেতে পারে, করে গেছেন তারপর থেকে। জীবনে আর মদের বোতল ধরেন নি। ছেলে মেয়েদের প্রতি একটু হলেও ভালোবাসা ও দায়িত্ব বাড়িয়ে তুলেছিলেন। কিন্তু এর মধ্যে নিজের ছেলেকে যে এক্কেবারে হারিয়ে ফেলবেন, স্বপ্নেও কল্পনা করতে পারেন নি। আর যেদিন বুঝতে পারলেন তখন আর কিছু করার নেই। ছেলেকে এখন আর উনি কিছুতেই বোঝাতে পারবেন না যে উনি ওনার ভুলের কত বড় মাশুল দিয়েছেন।

অধ্যায় ১৬
জীবনের চড়াই উতরাই

অরিন্দমের ইচ্ছে ছিল নিজের গানের ব্যান্ড তৈরি করবে। গান লিখতে পারত সে খুব ভালো। গাইতেও পারত। ওর মা দুই ছেলেমেয়েকেই গান শিখিয়েছিলেন। গানের মাস্টারমশাইও আসতেন গান শেখাতে। ওর বোন অতটা ভালোবাসত না, তবে দাদাকে গাইতে দেখে, দাদার পাশে বসে থাকত। ছেলেমেয়ে গানবাজনা শিখুক একদম পছন্দ ছিল না সুবিমল বাবুর। এর জন্য, বাড়িতে প্রায়ই অশান্তিও হতো মাঝে মধ্যে। ওনার ধ্যানজ্ঞান ছিল তাঁর ব্যবসা, আর চাইতেন ছেলেও যেন বড় হয়ে তাঁর ব্যবসার হাল ধরে। গানবাজনা করে কি হবে? মেয়ে বিয়ে থা করে ঘর-সংসার করবে আর ছেলেকে মাথার ঘাম পায়ে পেলে রোজগার করতে হবে। সেটাই জীবনের একমাত্র লক্ষ্য হওয়া উচিত।

ইন্দ্রানীর গ্র্যাজুয়েশন করা হয়ে গেছে। ও বরাবরই কমার্স নিয়ে পড়াশোনা করে এসেছে। এখন সি.এ.-র জন্য প্রিপারেশন নিচ্ছে নিজে। ওর ইচ্ছে দাদার ব্যবসায় ওর পাশে দাঁড়ানোর। অরিন্দমের এতে কোনো আপত্তি নেই বরং ও নিজেও চায় বোন নিজের মেধাকে কাজে লাগাক, আর ওর পাশে এসে দাঁড়ায়। দুই ভাই বোনের মধ্যে ভালোবাসা যত আছে খুনসুটিও আছে তত। যেমন অরিন্দম যখনই ইন্দ্রানীর বিয়ের কথা বলে, ইন্দ্রানী ওর

পিছনে লাগতে ছাড়ে না। বিশেষ করে এখন যখন রূপঙ্করকে নতুন করে পেয়েছে অরিন্দম।

–দাদা, ধর কাল সকালে উঠে দেখলি রূপু দাদা একদম ঠিক হয়ে গেছে কিন্তু তোকে আর আগের মতন ভালোবাসে না। তখন কি করবি?

–কি আর করবো? মন খারাপ হবে আমার।

–না না সেরকম কিছুই হবে না। রূপু দাদা ঠিক তোকে ভালোবাসবে। না হলে আমি খুব বকবো ওকে। শাস্তি দেব।

–থাক তোকে আর দিদিগিরি ফলাতে হবে না। তোর সি.এ. ভালোভাবে শেষ কর। তারপর তোর বিয়ের জন্য পাত্র দেখা শুরু করব আমরা।

–বাহ্! নিজের বেলায় নিজে সব ঠিক করবে আর আমার বেলায় তা নয় কেন?

–তোর কাউকে মনে ধরেছে? তাহলে বল না।

-আমি এখনই বিয়ে করছি না। আচ্ছা তুই কি করবি? রুপু দাদাকে তো বিয়ে করতে পারবি না। আমাদের দেশে তো ছেলেতে-ছেলেতে বিয়ে হয়না। যাঃ! একটা সেলিব্রেশন কম হয়ে গেল। কোথায় জানি দাদার বিয়েতে বোনেদের কত আনন্দ হয়, বৌদির শাড়ি গয়না নিয়ে আবদার করবে, তারপর এই যে কি হয় যেন, দরজা আটকানো না কি, তারপর আর একটা ওই যে ননদখামি, এইসব থেকে তুই কিন্তু আমাকে বঞ্চিত করছিস।

-আমার সাথে মস্করা হচ্ছে? দেব কান মূলে?

এই বলে বোনের মাথায় আলত করে একটা টোকা মারলো অরিন্দম। ব্রেকফাস্ট টেবিলে কথা হচ্ছে দুই ভাই বোনের সকালে অফিসে বেরোনোর আগে। সুমিতাদি রান্নাঘর থেকে ব্যাপারটা উপভোগ করছিলেন। উনি প্রথম-প্রথম ব্যাপারটা বুঝতেন না। অরিন্দম এত প্রতিষ্ঠিত হওয়ার পরেও বিয়ে করছে না, বোনের বিয়ে নিয়েও কোনো উচ্চবাচ্য নেই। আর যেদিন রুপঙ্করকে নিয়ে এল বাড়িতে অরিন্দম, সুমিতাদি ভাবল ওর বন্ধু, খুব অসুস্থ। তাই নিয়ে এসেছে ভালো ভাবে চিকিৎসা করানোর জন্য। অরিন্দম একদিন পুরো বিষয়টা জানালো সুমিতাদিকে। শুনে আকাশ থেকে পড়ল সে। কিছু মুখ থেকে প্রকাশ করল না।

"তোমার যদি খারাপ লাগে, এই ভেবে যে, যে বাড়িতে কাজ করছো, সেখানে দুজন সমকামী পুরুষ থাকছে একসাথে, তুমি খোলাখুলি বলতে পার আমাদের। আমার কোন খারাপ লাগবে না।" জানালো অরিন্দম।

-আর যদি কাজ ছেড়ে দেওয়ার কথা মনে আসে আর টাকার কারণে অনিচ্ছা সত্ত্বেও কাজ করতে বাধ্য হয় সে কথাও বলো। আমি সব শুনতে প্রস্তুত।

-না না একি বলছ দাদাভাই। এত বছর তোমাদের সাথে আছি। আর এই ছোট্ট কারণে তোমাদের প্রতি ভালোবাসা শেষ হয় যাবে? সে কি হয়?

-আমারও তো তোমাকে আমাদের একজন মনে করি তাই আমি নিজে জানালাম পুরো বিষয়টা।

-তোমরা আমার মনিব, আমি গরিব। তোমাদেরকে ছোট্ট বেলা থেকে দেখছি, আমার নিজের ছেলেপুলে না থাকলেও, তোমাদের ছেলেমেয়ের মতন ভালোবাসি দাদাভাই। মিথ্যে বলব না, শুনে প্রথমে একটু কেমন যেন লাগল, তবে আমরা সবাই মানুষ। কার কাকে মনে ধরে তা তিনি ঠিক করে রাখেন।

****

আজ কাজ থেকে ফিরে প্রথমে মায়ের ঘরে গেল অরিন্দম। "কি রে, আজ আমার ঘরে আগে এলি মনে হচ্ছে? তোর বন্ধুর কাছে গেলি না?" জিজ্ঞাসা করলো ওর মা।

-না, ওর ঘরে গিয়ে মনটা খারাপ হয়ে যায়। তারপর তোমার কাছে আসলে, তোমারও মন খারাপ হয়ে যায় দেখি, তাই আগে তোমার কাছে এলাম।

-তা আগে রূপের কাছে যাই বলে কি তোমার আমার ওপর অভিমান হয়েছে?"

-না রে, আমি এমনি বললাম। আমার সোনা ছেলে, একটু কাছে আয়। এখন অনেক বড় হয়ে গেছিস, সব দিক সামলাচ্ছিস। আমার কাছে বসার সময় কই তোর? ইন্দুও নিজের মতন থাকে, আমি গিয়ে দেখতে পারি না।

-তুমি মন খারাপ করবে না একদম। আমাদের কথা দিয়েছিলে মনে আছে তো?

-তোদের বাবা চলে যাওয়ার পর তোরা একদম অভিভাবকহীন হয়ে পড়েছিস। আমি তো থেকেও নেই।

-আবার পুরানো কথা শুরু করলে?

-আচ্ছা ঠিক আছে, আয় আমার কাছে। তোকে একটু আদর করি। ইন্দু তো প্রায় আমার কাছে আদর খেয়ে যায়। তুই সময় দিতে পারিস না আর আদরও পাস না।

দুজনেই এক সাথে হেসে উঠলো।

"ডাক্তার কি বলছে, রুপঙ্কর সেরে উঠবে তো?" অরিন্দমের মাথায় হাত বোলাতে বোলাতে জিজ্ঞাসা করলেন উনি।

-সেরকমই তো বলছে ডাক্তার। তবে সময় লাগবে। কোনো ওষুধ তো নেই এর জন্য। শুধু প্রতীক্ষা আর ধৈর্যের প্রয়োজন।

অরিন্দম যতটা পারে নিজেকে শক্ত করে রাখে মায়ের সামনে।

-ধৈর্য্য ধর, আর ভেঙে পরিস না। এত বছর তো তোকে দেখছি, একটুও পাল্টাস নি। বাইরে যতটাই দেখানোর চেষ্টা করিস না কেন, আমি ঠিক বুঝি তুই কতটা কষ্টে আছিস।

-দেখিস রূপঙ্কর ঠিক সেরে উঠবে। আমার বিশ্বাস। কিন্তু তুই নিজের প্রতিও একটু যত্ন নে বাবা। কদিন ধরেই দেখছি, বেশ চিন্তায় আছিস, কিছু সমস্যায় পড়েছিস কাজে?

অরিন্দম কিছু একটা চিন্তা করছিল মায়ের বুকে মাথা রেখে, হঠাৎ ছেদ পড়ল চিন্তায়।

-কই না তো? তোমার হঠাৎ এই কথা মনে আসার কারণ?

-না! দেখি বেশ একটা চিন্তার ছাপ তোর মুখে। জানি বন্ধুর জন্যে হচ্ছে। সেটা সবাই দেখছি তবে তা ছাড়াও ... কেন জানি না আমার মন বলছে তুই কিছু নিয়ে বেশ উৎকন্ঠায় আছিস। দেখ বাবা, আমি তো দিন রাত রূপঙ্করের ভালো হয়ে ওঠার জন্য প্রার্থনা করে যাচ্ছি মহাদেবের কাছে। আমি তো আর বিছানা থেকে উঠতে পারব বলে মনে হয় না। ঠাকুর ওকে যেন সুস্থ করে তোলে। অন্তত তোদের মুখে হাসি দেখে যেন মরতে পারি।

"এসব কথা বলো না মা। আমার মোটেই শুনতে ভালো লাগে না।" ইন্দ্রানী বললো ঘরে ঢুকতে ঢুকতে। তুমি ছাড়া আমাদের আর কে আছে বলত? বাবাকে আমরা হারিয়েছি, তোমাকে আর হারাতে চাইনা।"

অরিন্দম চুপচাপ ঘর থেকে বেরিয়ে গেল।

****

সুবিমল বাবুর অন্তর্ধান হওয়ার দুদিন পর অরিন্দম সুবিমল বাবুর গাড়ির দুর্ঘটনার খবর পুলিশের কাছ থেকে জানতে পারল। ওনার গাড়িটি পাওয়া গেছে, তবে মৃতদেহ পাওয়া যায় নি। গাড়িটি ব্যালেন্স হারিয়ে গঙ্গায় গড়িয়ে পড়েছিল। গাড়িটি সুবিমল বাবুই চালাচ্ছিলেন। বেশ কিছু সিসিটিভি ফুটেজে তাই পাওয়া গেছে। গাড়িটিও অক্ষত ছিল না, মানে জলে পড়ার আগে বেশ কিছু জায়গায় ধাক্কা মারে। তা থেকে বোঝা যায় যে গাড়িটির ব্রেক ফেল করেছিল। যাই হোক, অরিন্দম বাড়িতে বাবার দুর্ঘটনার কথা জানালো। ওর বাবা যে সাঁতার জানত না সেটা সবাই জানে, এবং বেশ জোরেই গাড়ি চালান ও হটহাট সিদ্ধান্ত নিয়ে বেড়িয়েও পড়েন বাড়ি থেকে নিজের গাড়ি নিয়ে। তাই সুবিমল বাবুর অন্তর্ধানের ঘটনাটি ওনার মৃত্যু বলে সবাই মেনে নিল।

****

-দাদা তুই রূপদাদার ঘরে যাচ্ছিস তো? তোর চা কি ওখানেই পাঠাবো? জিজ্ঞাসা করলো ইন্দ্রানী।

-না। তার প্রয়োজন নেই। আমি নীচে এসেই চা খাব।
বলে বেরিয়ে গেল অরিন্দম।

"রূপ তোর জন্য একটা গান লিখেছি। জানিস কত বছর
পর এই গানটা লিখলাম। কাল অফিসে বসে বড্ড তোর কথা মনে
পড়ছিল। সেই স্কুলের কথা, আমাদের ছোট বেলার কথা, স্কুল-
ফাইনাল পরীক্ষার কথা। তোর কাছে ছুটে চলে আসতে ইচ্ছে
করছিল। কিন্তু কাজটাও সারতে হবে। এরই মধ্যে কথা গুলো মনে
এলো আর লিখে নিলাম। শুনবি?"

"দাঁড়া আমার গীটারটা নিয়ে আসি। সেটাও সেই তবে
থেকে বাক্স বন্দি। একটু ধৈর্য ধর। আমি এই গেলাম আর এই
এলাম।" বলে নিজের চোখের জল মুছতে মুছতে অরিন্দম বেরিয়ে
এলো রূপঙ্করের ঘর থেকে। কিছুক্ষণ পর নিজের গীটারটা নিয়ে
ঢুকলো। তার পর রূপঙ্করের কাছে গিয়ে বসলো।

"গানটা ভাল লাগলে কিন্তু হাততালি দিতে হবে, আগেই
বলে রাখছি। তখন কিন্তু কোন কথা শুনবে না," বললো
অরিন্দম। তার পর রূপঙ্করের মুখটা পাশে রাখা একটা পরিষ্কার
কাপড় দিয়ে মুছিয়ে দিলো আর নিজে একটু ঠিক করে বসলো।

সে যে দিলোনা ধরা,
না জানি কি ভয় ছিল মনে।

হৃদয়ের গভীরে যে প্রেম আছে ধরা।

তারই রেখা ফুটে ওঠে বারে বারে।

এখনও আশায় আছি বুক বেঁধে।

ভালোবাসায় সে যেন না যায় হেরে।

রেখেছি জেদ মনে, হবোনা আমিও হারা।

আসুক না যত সমাজ ও নিয়মের বাধা।

প্রেমের নাহি আছে লাজ, নাহি কোনো ভয়।

একটি কবিতা থাকুক লেখা, শতাব্দীর নতুন আলোয়।

সে যে দিলোনা ধরা,

না জানি কি ভয় ছিল মনে।

আমার ডাকে দিলোনা সারা,

সে যে রয়ে গেল আঁধারে।

রূপঙ্কর কোনো সাড়া দিলনা, এক রকম ভাবে ছাদের দিকে চেয়ে
রইল। ওর মনের ভিতরে একটু ভালোবাসার অনুভূতি নাড়াচাড়া
দিলেও তার কোনো বহির প্রকাশ ঘটলনা।

আচ্ছা তোর সেই গানটার কথা মনে আছে, হিন্দী ছবি 'আরাধনা'র? মেরা সুরজ হয় তু...মেরা চান্দা হয় তু... তোর মা তোর জন্য ছোট বেলায়ে গাইত।

আমি কারুর গান কপি করিনা, তবু তুই জেদ ধরলি, ওই গানটা তোর খুব পছন্দের তাই আমকেও ওই রকমই একটা গান লিখতে হবে তোর জন্য, মনে পড়ছে? এটা শুনলে কিন্তু সত্যি সত্যি কথা বলতে হবে, কথা দিচ্ছিস কিন্তু। এইই বলে অরিন্দম আর একটা গান শুরু করল।

মেরা সুরজ হয় তু...

মেরা চান্দা হয় তু...

মেরে আঁখো কা তারা হয় তু।।

জিউঙ্গা ময় বস তেরে লিয়ে

মেরে তো দিল কা ধরকন হয় তু।।

যব থা তু মেরে পাস

তবে ক্যা দিন, ক্যা রাত

হম দোনো কি আশাও মে খি বস প্যার

ফির কিঁউ দূর গায়ে চলা থা তু?

ময় ক্যাইসে দেখুন তৈরি যে হালাত

কুছ তো বলো তুম মেরে ভুলে প্যার

ইতনা ভি ক্যা গুসসা মেরে ইয়ার

জো মুজকো বিলকুল ভুলা দিয়ে হো তু।

মেরা সুরজ হয় তু...

মেরা চান্দা হয় তু...

মেরে আঁখো কা তারা হয় তু।।

গান শুনে ইন্দ্রানীও চলে এসেছে রুপক্করের ঘরে। দাদার পাশে গিয়ে দাঁড়াল।

অরিন্দমের দুচোখে জল। বোন ওকি আর কোনো দিন আমার সাথে কথা বলবে না? তুই জিজ্ঞেস কর না তোর রুপু দাদাকে, বলে ইন্দ্রানীকে জড়িয়ে ধরে কাঁদতে লাগল। ইন্দ্রানী আর কি করে, নিজের মতন করে বোঝানোর চেষ্টা করল দাদাকে, ও যেন ভেঙে না পড়ে।" তারপর নিজেই কাঁদতে কাঁদতে বেরিয়ে গেল ওই ঘর থেকে।

রূপঙ্কর চিৎকার করে বলতে চাইল সে এখনো তার অরিন্দম কে কতটা ভালোবাসে, সে চাইল উঠে অরিন্দম কে জড়িয়ে ধরতে। কিন্তু কই, সে যেন জীবন্ত লাশের মতন খাটে শুয়ে আছে। শুধু বুঝতে পারলো তার অরিন্দম কাঁদতে কাঁদতে ঘর থেকে বেরিয়ে যাচ্ছে।

অধ্যায় ১৭
বাঁচার নতুন আশা

রূপঙ্করের বাবা ও পিসি চলে এলেন অরিন্দমদের বাড়িতে। তখন সকাল সাতটা বাজে ঘড়িতে। অরিন্দম ব্রেকফাস্ট তৈরি করছিল, গ্রাউন্ড ফ্লোরে ওপেন কিচেন, তার সাথে লাগোয়া বড় হল ঘর সেটাই ওদের ডাইনিং হল। কলিং বেল বাজল।

-এত সকাল-সকাল কে এল? সুমিতাদি দরজাটা একটু খুলবে গিয়ে?

-হাঁ যাচ্ছি দাদাভাই।

সুমিতাদি ওকে ব্রেকফাস্ট করতে সাহায্য করছিলেন। উনি দরজা খুলতে চলে গেলেন।

ইন্দ্রানী এখনো নিজের ঘরে ঘুমোচ্ছে। ব্রেকফাস্ট তৈরি হলে, সুমিতাদি ওদের মাকে খাওয়তে যাবেন। ইন্দ্রানী একটু দেরি করেই ঘুম থেকে ওঠে। অরিন্দম ব্রেকফাস্ট খেয়ে অফিসের জন্য বেরোবে।

ওখান থেকে সাইট যাওয়ার হলে যায় যেমন প্রয়োজন পড়ে। তার আগে অবশ্য রূপঙ্করকে ঘুম থেকে তুলে ফ্রেশ করানো, ও নিজেই করে। এমনিতে রূপঙ্করের জন্য একজন নার্স আছে। সে সকালে আসে আর বিকালে চলে যায়, অরিন্দমের বাড়ি ফেরার পর। তারপর রূপঙ্করের পুরো দায়িত্ব অরিন্দমের। আর কাউকে ও রূপঙ্করের কাছে দেখতে চায় না। এতেও ইন্দ্রানী মজা করতে ছাড়ে না।

-রূপু দাদা সুস্থ হয়ে গেলে তো দেখছি, আমাদের ওর ধারে কাছে ঘেঁষতে দিবি না রে দাদা!

-তোর তো এখন অনেক টাকা, তা রূপু দাদা সুস্থ হয়ে গেল ওকে নিয়ে কোথায় বেড়াতে যাবি? সুইজারল্যান্ড না মরিশাস? আমি বলি কি পাহাড়ে যাস। দুজন দুজনকে বেশ ঠান্ডায় জড়িয়ে ধরে লম্বা চুমু খাবি।

-তুই কিন্তু খুব পাকা হয়ে যাচ্ছিস। দাদার সাথে মজা করা হচ্ছে? মাকে বলে তোকে বকা খাওয়াতে হবে। দাঁড়া!

-আমাদের মধ্যে মাকে আনছিস কেন? আমি তোকে তো বন্ধুর মতন পরামর্শ দিচ্ছি।

-বুঝেছি। পরামর্শের জন্য ধন্যবাদ। তবে এবার তোর বিয়ের ব্যবস্থা আগে করব। এই যাচ্ছি মায়ের কাছে।

একটু হলেও, ইন্দ্রানী অরিন্দমের মুখে হাসি আনতে পারে এই ভাবে। ও নিজেও জানে দাদা কতটা দুঃখ নিজের মনের মধ্যে বয়ে নিয়ে চলেছে। অরিন্দমও বোঝে ওর আর রূপের জন্য ওর বোন কতটা ভাবে আর ব্যথা পায় মনে মনে।

স্বপ্নিল জিজ্ঞাসা করলেন, "অরিন্দম বাড়িতে আছে তো? আমরা সকাল-সকাল চলে এলাম।" অরিন্দম আওয়াজ পেয়ে চলে এসেছে, "আসুন কাকু, আসুন পিসিমনি। আসতে কোনো অসুবিধে হয় নি তো? একটু পরে এলেই আর আমার সাথে দেখা হত না। তা আপনারা আসবেন বললে, আমি গাড়ি করে নিয়ে আসতাম। আমি তো মর্নিংওয়াকে বেরোই। ফেরার পথে আপনাদের পিক আপ করে নিতাম।" স্বপ্নিল বেশ মজার স্বরেই উত্তর দিল "আরে না না তার কোন প্রয়োজন নেই। আমরা এখনও শক্ত সামর্থ আছি। যেদিন আর থাকব না, সেদিন তোমাকে না হয় হুকুম করব।"

"রূপু কেমন আছে? অনেক দিন দেখিনি ওকে। আর মন মানছিল না। তাই চলে এলাম।" বলেন পারমিতা।

"তা কেন, যখন দেখতে ইচ্ছে হবে চলে আসবেন। ওরও তো আপনাদের দেখতে ইচ্ছে করে, তাই নয় কি?"

"সেটা যদি সত্যি হত বাবা, তাহলে তো কোনো কষ্টই আর থাকত না।" চোখের জল মুছতে মুছতে বললেন পারমিতা।

"দেখুন আপনাদের এখানেই দাঁড় করিয়ে রেখেছি। ভিতরে আসুন। রূপঙ্করের কাছে চলুন আগে।" বললো অরিন্দম।

"তোমার মায়ের সাথে আগে দেখা করে নিলে ভালো হত। উনি কেমন আছেন?" জিজ্ঞাসা করলো স্বপ্নিল।

"সুমিতাদি মা কি উঠে পড়েছেন?" জিজ্ঞাসা করলো অরিন্দম।

"হ্যাঁ।", রান্নাঘরের ভিতর থেকে জানাল সুমিতা, "জলখাবার রেডি হয় গেছে। আমি ওনাকে খাওয়াতে নিয়ে যাচ্ছি। আপনাদের জন্য বেড়ে দি। অনেকক্ষন তো বেড়িয়েছেন নিশ্চয়ই।" বললো সুমিতা।

"আগে চলুন রূপের ঘরে চলুন।"- বললো অরিন্দম।

অরিন্দমের সাথে ওনারা দোতলায় উঠে এলেন। দোতলায় মোট তিনটি বেডরুম যার একটি ইন্দ্রানীর, একটি ওর নিজের আর একটা এক্সট্রা ঘর এখন যেখানে রূপঙ্কর আছে। আর অনেকটা ওপেন ছাদ। নিচের তলায় মোট চারটে ঘর যার মধ্যে একটি বড় হলঘর আর তিনটে আলাদা আলাদা বেডরুম। এছাড়া বাড়ির সামনে ও পিছনে বাগান। এটা অরিন্দম বছর চারেক হলো কিনেছে বালিগঞ্জ এলাকায়। আগের আবাসন, মানে যেখানে ওর বাবা ওদের জোর করে নিয়ে এসেছিলেন, ওখানে আর থাকে না। অরিন্দম নিজের বুদ্ধি দিয়ে, কার্যক্ষমতা কাজে লাগিয়ে বাবার ব্যবসাকে অনেকটাই বাড়িয়েছে।

****

...[তুমি বুঝতে পারছ না হোমসেক্সুয়ালিটি কত বড় একটা রোগ। প্রায় চিৎকার করে বলছিল অঞ্জলি। আর সঙ্গে-সঙ্গে কয়েক ঘা চড়ও কষিয়ে দিল রূপঙ্করের গালে। স্বপ্নিল ওকে শান্ত করার চেষ্টা করল। পারমিতাও বোঝানোর চেষ্টা করছিল, কিন্তু কে শোনে কার কথা।

অঞ্জলি বলে চলল, "আমাদের মান সম্মান আর কিছুই বাকি রইল না। আমার তো ঘর থেকেই বেরোনো বন্ধ হয়ে গেছে, এই ছেলের জন্য। ওই তো সেদিন মিসেস চ্যাটার্জী আর বি-ব্লকের মাধুরী আমাকে দেখেই কি হাসাহাসি করছিল, কাছে যেতে একদম চুপ। আমি জিজ্ঞাসা করতে, এদিক ওদ্দিক করে চলে গেল। আমি কি বুঝিনি ভেবেছো? কালই তো সামনের ফ্ল্যাটের সুনন্দা বৌদি

মুখের ওপর জিজ্ঞাসা করলো, হ্যাঁ গো, তোমার ছেলে নাকি আর একজন ছেলের প্রেমে পড়েছে শুনলাম? কি সব হচ্ছে আজকাল? সব ওই টিভি সিনেমা আর ওই যে নেট নাকি যেন, ওই সবের দোষ বুঝলে। বিদেশ থেকে সব নতুন নতুন রোগ আসছে। আর এসব তো শুনেছি বড় লোকেদের বাড়িতে হয়? তোমারও যা বুদ্ধিশুদ্ধি, ওই প্রোমোটরের ছেলের সাথে একেবারে গলায়-গলায় ভাব। এ ওর বাড়িতে রাত কাটাচ্ছে তো ও একে সিনেমায় নিয়ে যাচ্ছে। ছিঃ! ছিঃ! যত সব নোংরামি। আমার উনি তো বলছিল, এই ফ্ল্যাট বেচে দিয়ে দেশের বাড়িতে চলে যাবে। এখানে থাকলে ছেলে-মেয়ে নষ্ট হয়ে যাবে। আমিও কর্তাকে পরিষ্কার জানিয়ে দিয়েছি, আমরা কেন যাব এখন থেকে? যারা দোষী, যারা নোংরামি করছে লজ্জা-শরম জলাঞ্জলি দিয়ে, যারা বেহায়াপনা করছে তারা যাবে। তুমি সামনের মিটিং-এ কথা তুলবে। তুমি কি বলো, আমি ঠিক বলেছি না?" বলেই মুখের ওপর দড়াম করে দরজা দিয়ে দিল।

"আমিও তোমাকে জানিয়ে দিচ্ছি পরিষ্কার করে, ফ্ল্যাটের অ্যাসোসিয়েশনের মিটিংয়ে তুমিও ছেড়ে কথা বলবে না। হ্যাঁ, আর কিছু! আমরা ফ্ল্যাট ছেড়ে দিয়ে যাব কেন? বিনা পয়সায় কিনেছি যেন? পুরো অ্যাপার্টমেন্ট যেন ওদের বাপ দাদাদের! আসলে হিংসা! সব হিংসা করে আমার ছেলেকে। মাধ্যমিকে পুরো স্টেটে ফার্স্ট হয়েছিল না? তাই। ওদের বাপেদের কোনোদিন ক্ষমতা হয়েছে? ফার্স্ট হবে, কে কত দূর পড়াশোনা করেছে সব আমার জানা আছে। এই তো সুনন্দা বৌদি নিজেই একদিন কথায় কথায় বলে ফেলেছিল যে ওর মাধ্যমিক পরীক্ষাই নাকি দিয়ে ওঠা হয়নি। এত গরিব ছিল ওরা আর ওর কর্তা, সে তো ঘুষের জোরে আর নেতাদের হাতেপায়ে ধরে চাকরি পেয়েছে। না হলে জমাদারেরও

কাজ জুটত কিনা সন্দেহ। আর ওই মিসেস চ্যাটার্জী, তখন নিজের ছেলেকে নিয়ে কতই না আমাদের বাড়িতে আসা। আমার ছেলের পাশে পাশে থাকলে তার ছেলে যদি মাধ্যমিকে কিছু একটা ভালো রেজাল্ট করে। হম্ম, ভালো রেজাল্ট করবে না আর কিছু? টেনে টুনে ক্লাসে পাস করে। প্রতিবছরই তো শুনি স্কুল থেকে ওদের ছেলেকে বার করে দেওয়ার হুমকি দেয়। আর ওরা হাতে পায়ে ধরে টিকিয়ে রাখে। আর আজ আমার ছেলের নিন্দা করছে। সামনে বলতে আসুক, আমিও হাটে হাঁড়ি ভেঙে দেব। তখন বুজবে কত ধানে কত চাল।"

"একটু শান্ত হও। দেখ কতটা হাঁপিয়ে গেছ। একটু বস। জল খাও। দিদি এক গ্লাস জল এনে দাও তো।", বললো স্বপ্নিল, "দেখ ম্যাডাম সূচন্দ্রিমা তো বললেন, একটু সময় লাগবে আর ধৈর্য ধরে রাখতে হবে। সব কিছু তো আর তাড়াহুড়ো করে হয় না। আর এটা খুব সংবেদনশীল ব্যাপার। হিতে বিপরীত হয়ে যেতেও পারে। ওনার ওপর একটু ভরসা রাখ। সবে তো একদিন গেছিলে।"

"আমি বলছি তোমার বন্ধুর বউকে দিয়ে কিসুয় হবে না। তুমি বড় ডাক্তার দেখাও। আমার দাদা বলছিল, CMRI-তে এখন বড় মনোবিদ বসেন। খুব নামি ডাক্তার। এখানে প্রায় থাকেন না, সব সময় বিদেশে। অ্যাপয়েন্টমেন্ট পাওয়াই খুব মুশকিল। আমি দাদাকে বলে দিয়েছি। ও অ্যাপয়েন্টমেন্ট নিয়ে রাখবে। আর দাদা বলছিল, রূপুকে কদিনের জন্য ওদের বাড়িতে রেখে দিতে। ভয়েই ওর অর্ধেক রোগ সেরে যাবে। দাদা কি আর তোমার মতন লেডিস নাকি, মেরে হাড়গোড় ভেঙে রেখে দিত এত দিন। তোমার

জন্যই ওর এত আস্পর্ধা। আমাদের বাপের বাড়িতে কেউ এরকম করার কি, ভাবারই সাহস পাবে না।"

স্বপ্নিল আর কথা না বাড়িয়ে চুপ করে গেল। রূপঙ্কর চুপচাপ নিজের ঘরে চলে গেল। ওর দু চোখে জল। ইচ্ছে করছে, এখান থেকে কোথাও পালিয়ে যাবে। একবার ভাবছে, এত বড় অপরাধ করে বসেছে ও? অরিন্দমকে ভালোবাসা কি সত্যি এত বড় অপরাধ? আর ও কি করবে? কি করতে পারে? ও যদি এরকম হয় তো সেটা তো আর ও জেনে বুঝে করে নি। এখন ওর যদি কোনো মেয়ের প্রতি আকর্ষণ না আসে, কোনো মেয়েকে ওই চোখে না দেখে, সেটা কি ওর একার দোষ? কই ছোট বেলায় তো ওর মা-ই বলত, সব মেয়েদের নিজের বোনের মতন করে দেখবি। আর বড়রা সবাই তোর মায়ের মতন। বুঝলি! তাই কোনো মেয়েকে খারাপ চোখে দেখা উচিত নয়। খারাপ চোখ আর ভালো চোখ কি? সে জিজ্ঞাসা করেছিল। তখন মা-ই বলেছিল, সে সব তুমি বুঝবে না, তুমি এখন ছোট তো। শুধু মনে রেখো সবাই তোমার মা আর বোন। ও তো তাই মনে করে এসেছে, এতদিন। যবে থেকে সেক্সুয়াল ফিলিংস এসেছে ওর মধ্যে, মেয়েদেরকে দূরে সরিয়ে দিয়েছে। ছেলেদের ব্যাপারে সে রকম কিছু তো কোনো দিন কেউ বলেনি। তাই তো ওর কোনদিন ছেলেদেরকে ভালো লাগা খারাপ বা অনুচিত বলে মনে হয়নি।]...

****

রূপঙ্কর শান্ত ভাবে ঘুমচ্ছিল ঘরে, তাই স্বপ্নিল আর ডিস্টার্ব করল না। শুধু জিজ্ঞাসা করল, কোনো অসুবিধে হচ্ছে না তো অরিন্দমের রূপঙ্করের জন্য? সে রকম হলে, কোনো লজ্জা না পেতে আর পরিষ্কার করে জানাতে। অরিন্দম যেন মনে না করে

যে রূপঙ্করের দায়িত্ব ওর কাঁধে চাপিয়ে দিয়ে এই বুড়ো-বুড়ি দিদি ভাই একেবারে নিশ্চিন্ত হয়ে বসে আছে। "আরে এসব কি বলছেন আপনি কাকু। রূপের জন্য আমি বিরক্ত হব! ওর দায়িত্ব তো আমি নিজে নিয়েছি ভালোবেসে। ওকে সুস্থ করে তোলার চিন্তা আর ইচ্ছে আপনাদের যতটা আছে ততটাই আমারও আছে। ওকে এ রকম ভাবে দেখতে যে আমার বুক কতটা ফেটে যায় তা যদি আপনাদের দেখাতে পারতাম!" অরিন্দমের চোখের কোণে জল, কায়দা করে মুছে নিল।

না ওরা অরিন্দমকে কতটাই না ভুল বুঝেছিল। আজ অঞ্জলি বেঁচে থাকলে দেখত, তো বুঝত কাকে ওরা মিথ্যে সামাজিকতা আর মিথ্যে লোকলজ্জার ভয় অপমান করে দূরে ঠেলে দিয়েছিল সে দিন। নিজের মনে মনে ভাবল স্বপ্নিল।

-চলো ভাই তোমার মায়ের কাছে যাই বললেন পারমিতা।

-হাঁ চলুন পিসিমনি।

বলে অরিন্দম ওনাদের নিচে নিয়ে এল।

"তোমাদের জল খাবার ঠান্ডা হয়ে যাচ্ছে। আগে খেয়ে নাও তোমরা।" বললেন সুমিতা দি।

–জলখাবার মায়ের ঘরেই নিয়ে এস। আমি একেবারে খেয়ে বেরিয়ে যাব।

–এই দেখ, আমারা তোমার দেরি করিয়ে দিলাম।

–আরে না না, আজ অফিসে সেরকম খুব একটা কাজ নেই। সেকেন্ড হাফে সাইট যাওয়ার আছে। আমার অসুবিধার কিছু নেই। আপনারা তো আসেন না। বললাম, এখানে পুরোপুরি শিফট করে যেতে। এত ঘর রয়েছে। আমাদের ভালোই লাগতো।

"আসুন দিদি", বলল অরিন্দমের মা।

"আপনি শুয়ে থাকুন দিদি। উঠতে হবে না। রেস্ট নিন। আমরা এলাম একটু দেখা করতে। একা একা ওই বদ্ধ ফ্ল্যাটে হাঁপিয়ে উঠেছিলাম।" বলেন পারমিতা। স্বপ্নিলও নমস্কার করে, অরিন্দমের মায়ের শরীরের খবর নিল।

–আর আমার শরীর! আমার আর এ জীবনে বিছানা ছেড়ে ওঠা হয়ে উঠবে না। ছেলে-মেয়েটার দিকে দেখলে মন ভেঙে যায়। ইন্দ্রানীর বিয়ে থা দেব, না ও বেঁকে বসে আছে। বলে যত দিন

না আমি সুস্থ হয়ে উঠে দাঁড়াচ্ছি, ও বিয়ে করে শ্বশুর বাড়ি যাবে না। তাহলে দাদা একদম একা হয়ে যাবে।

"ঈশ্বরের উপর ভরসা রাখুন। সব নিশ্চয়ই ঠিক হয়ে যাবে।" বলল স্বপ্নিল।

জলখাবার নিয়ে এসেছে সুমিতাদি। ইন্দ্রানীও মায়ের কাছে এসেছে ফ্রেশ হয়ে।

"নিন খেয়ে নিন। শুনলাম, অনেক সকালে বেরিয়েছেন বাড়ি থেকে। আমার খাওয়া হয়ে গেছে। আপনারা খান।", বললেন অরিন্দমের মা।

"আমি একটু রূপের ঘর থেকে ঘুরে আসছি", বললো অরিন্দম, "সুমিতাদি রূপের আর আমার খাবার যদি.. "

"ঠিক আছে দাদাভাই, আমি দিয়ে আসার ব্যবস্থা করছি", বলে ওনাদের খাবারটা সেন্টার টেবিলে রেখে চলে গেলেন সুমিতা। স্বপ্নিল আর পারমিতা ওখানে রাখা দুটি বেতের চেয়ারে বসলেন। ইন্দ্রানী মায়ের পাশে গিয়ে বসলো। আর মাকে একটু উঠিয়ে হেলান দিয়ে বসালো।

"আমাদের কত বড় ভুল যে হয়ে গেছিল, কি বলবো, দিদি আপনাকে। অঞ্জলীর জেদের কাছে যদি না আমি মাথা নত করতাম, তাহলে হয়ত এই অবস্থায় আসতে হতো না। বলল স্বপ্নিল। অঞ্জলীর কাউন্সেলর মানে আমার বন্ধুর স্ত্রীর ওপর একদমই ভরসা ছিলো না প্রথম দিন থেকেই। ওর ইনস্ট্যান্ট রেজাল্ট চাই। তাই কি হয়। আর কার কাকে মনে ধরবে সেটা তো কোনো রোগ নয়। একটা মানসিক অবস্থা। সেটা ও কিছুতেই মানতে পারছিল না। প্রথম প্রথম আমরাও যে একটা শক পাইনি, তা নয়। আপনার কাছে লুকোনো আমাদের অপরাধ হবে। তাই বলছি, আমারও আপনার ছেলেকেই বেশ দোষী মনে হয়েছিল তাই তো ওদের দুজনের কোনো কথাই শুনতে চাই নি তখন। বলতে পারেন, প্রায় জোর করেই নিজেরদেরকে বড় আর বেশি বুদ্ধিমান প্রমান করতে গিয়ে নিজেদের পায়ে কুড়ুল মারলাম আমরা। আর তার ফল ভুগতে হচ্ছে ওদের দুজনকেই। রূপঙ্করের কথা ছেড়েই দিলাম, অরিন্দমের জন্য খুব খারাপ লাগছে দেখে। কি মানসিক যন্ত্রণার মধ্যে দিয়ে যাচ্ছে ও। তার থেকেও বড় কথা আপনাকে এ অবস্থায় দেখে সত্যি মনে হচ্ছে আমরা কত বড় অপরাধী। আমাদের জেদ আর ভুল সিদ্ধান্তের মাশুল আপনাকে গুনতে হচ্ছে। আমরা যদি ঠিক থাকতাম তাহলে আপনার সাথেও এই দুর্ঘটনা ঘটত না আর আপনিও আজ সুস্থ থাকতেন। আপনার কাছে ক্ষমা চাওয়ার মুখ পর্যন্ত নেই আমার " –বলে একটু থামল স্বপ্নিল।

"আমিও আমার ভাই ও তার বউকে অনেক বোঝানোর চেষ্টা করেছিলাম। কিন্তু পারি নি। সবই নিয়তির লিখন। যা হবার কেউ আটকাতে পারবে না। এতদিনে তা বুঝলাম।", বলল পারমিতা।

অরিন্দমের মা কোনো উত্তর দিলেন না আর কোনো প্রতিক্রিয়াও ব্যক্ত করলেন না। "নিন আপনারা খেয়ে নিন," বললেন অরিন্দমের মা।

অরিন্দম ওপরে উঠে এলো। রূপঙ্করের নার্স-এর আসার সময় হয়ে গেছে। ও রূপঙ্করের পাশে এসে মাথায়, হাতে আর বুকে হাত বুলিয়ে দিল। কি ছিল আর কি হয়ে গেছে। সুন্দর ফর্সা লাল টুকটুকে গা, হাত পা ছিল রূপঙ্করের।   আর আজ সারা হাতে পায়ে ফোস্কার দাগ, কোথাও আবার ঘা, সেরে গেছে তবে দাগ রেখে গেছে।   সারা শরীরটাই যেন ভাঙাচোরা দোমড়ানো মোচড়ানো চেহারা নিয়েছে।

ওর আগের কথা মনে পড়লো, "দেখ তোকে আমার সামনে কেমন ভূতের মতন লাগে, না না ভূত না রাক্ষসের মতন। কোথায় আমি এত ফর্সা এত সুন্দর আর তুই কালো ভূতের মতন। যেন আফ্রিকা থেকে পালিয়ে এসেছিস। বলছিল রূপঙ্কর। এটা ওকে রাগাবার জন্য সেটা অরিন্দম ভালোই জানে। ওকে অতটাও খারাপ দেখতে নয়। হ্যাঁ, গায়ের রং একটু কালোর দিকে তবে আফ্রিকা থেকে এসেছে সে রকম মোটেই বলা যায় না। ও তার বাবার গায়ের রংটা পেয়েছে। আর বোন মায়ের মতন ফর্সা হয়েছে। রূপঙ্করকে বলা যায় প্রায় দুধ সাদা গায়ের রং আর তার ওপর হালকা গোলাপি আভা। টানা-টানা কালো চোখ, হাতে পায়ে কোনো লোম নেই, এমন কি দাড়ি গোঁফও পর্যন্ত ওঠেনি এখনো। তার জায়গায় ওর নিজের বেশ ভালোই দাড়ি গোঁফ এসে গেছে।

ওকে শেভ করতে হয় তার জন্য। দাড়ি একদম পছন্দ নয়। গোঁফটা রাখবে এবং বেশ ভালো মোটা করে- সেটাই তার ইচ্ছে। তবে এখন কোনোটাই রাখে না, সুবিধের জন্য। তাড়াতাড়ি শেভ করা যায়। না হলে আগে গোঁফ নিয়ে খুব মুশকিলে পড়ত। কোনোদিন বাঁ তো কোনোদিন ডান দিক ছোট বড় কেটে ফেলত। তাই রাগ করে গোঁফটাই উড়িয়ে দিল। প্রথম প্রথম নিজেরই কেমন যেন লাগছিল। স্কুলের বন্ধুরা তো হেসেই উল্টে পড়ছিল। অরিন্দমের এসব ব্যাপারে সে রকম কোনো লজ্জা, লোকে কি বলবে, সেই সব ভাবনা নেই। ও জানে নিজের যা ঠিক লাগে সেটাই করব, লোকে পিছনে দুদিন হাসবে, তারপর ভুলে যাবে। লোকের তো আর খেয়ে দেয়ে কামকাজ নেই কাউকে নিয়ে সারা জীবন পড়ে থাকবে। প্রথম প্রথম যখন নিজের গান লিখে বন্ধুদের দেখাত, সবাই হাসত। আরে এটা গান হয়েছে...ঘড়ি ডাকছে...জল উড়ছে...পাখি হাঁটছে...

তুই গান লিখিস না খ্যাপামি আর উদ্ভট চিন্তাগুলো লিখে রাখিস, পাগলামির প্রমান হিসাবে? বলে ওর বন্ধুরা।

অরিন্দম এ সবে কিছু মনে করে না। শুনতে হলে শোন না হলে তোরা সব যা এখন । পরে ওই স্কুলের গানের প্রধান মুখ হয়ে গেল। কোথাও গানের কম্পিটিশন হলে সবার আগে ওরই ডাক পড়ত। প্রাইজও আনত। কোথাও কোনো গানের কম্পিটিশনে ফার্স্ট কিংবা সেকেন্ড-এর নিচে হয় নি কখনো।"

রূপঙ্কর ঘুম থেকে উঠে পড়েছে। কি যেন বিড়বিড় করছে নিজের মনে মনে। অরিন্দম ওকে একটু আলতো করে তুলে বসিয়ে দিল। ততক্ষনে কাজের দিদি ওদের খাবারটা নিয়ে এসেছে।

"রেখে দিন এখানে", বলে পাশের টেবিলটা দেখালো অরিন্দম।

রূপঙ্করের খাবারের বাটিটা হাতে নিয়ে, এগিয়ে এলো রূপঙ্করের দিকে আর চামচে করে খাওয়ানো শুরু করলো। রূপঙ্করও বাধ্য ছেলের মতন খেতে লাগলো। রূপঙ্করকে সকালে দুধ কর্নফ্লেক্স দেয়, কোনো দিন আবার চেঞ্জ করে ওটস। পরে রুটি তরকারি, বা অন্য কিছু যখন যেমন হয়। সবই ওকে থাইয়ে দিতে হয়, না হলে ও নিজে সব ফেলে নষ্ট করে। খাওয়ালে পুরোটাই ভালো ভাবে খেয়ে নেয়। মাঝে মধ্যে একটু না না করে, মাথা নাড়ে, আর খেতে চায় না, তবে একটু ভোলালেই আবার শান্ত ছেলের মতন খেয়ে নেয়। এমনিতে রূপঙ্করকে নিয়ে কোনো অসুবিধে নেই। চুপচাপ থাকে, নয় শুয়ে, নয় বসে। একদম হাঁটতে চায় না। আর এত বছর এরকম থেকে, হাঁটা চলার ক্ষমতাও হারিয়েছে। এখন সোজা ভাবে কারোর সাহায্য ছাড়া দাঁড়াতেও পারে না। তাও অরিন্দম ওকে ধরে ধরে ঘরের মধ্যেই হাঁটানোর চেষ্টা করে। ওর জন্য অরিন্দম লেটেস্ট হুইল চেয়ারের ব্যবস্থাও করেছে। এটাতে বসে সিঁড়ি দিয়েও উঠা নামা করা যায়। তবে একটু সাবধানে আর একজনের সাহায্যে। অরিন্দম ওকে থাইয়ে মুখ মুছিয়ে দিল।

"কি রে রূপ বাথরুমে যাবি? নাকি আমি এখানে বেড প্যান ধরবো?" ইচ্ছে করেই জিজ্ঞাসা করলো অরিন্দম। রূপঙ্কর নিজের খেয়ালে চুপচাপ, একটু কাত হয়ে শুয়ে পড়লো। আলতো করে রূপঙ্করের জামার বোতাম খুলল সে। তারপর তার বুকটা একটু আলগা করে মাঝে চুমু খেলো। তারপর কপালে, ঠোঁটে, চোখের পাতায়, হাতে। ওর ইচ্ছে করছিল, চুমুর পর চুমুতে ভরিয়ে দিক রূপঙ্করকে। হঠাৎ দরজায় আওয়াজ শুনে অরিন্দম সোজা হয়ে বসলো রূপঙ্করের পাশে। নার্স ভদ্রমহিলাটি এসে ঢুকলো ঘরে।

-আপনাকে নীচে ডাকছে একবার।

-ঠিক আছে। আমি ওকে হুইল চেয়ারে বসিয়ে দিচ্ছি।

তারপর রূপঙ্করকে কোলে তুলে নিয়ে হুইল চেয়ারে বসিয়ে দিল। অরিন্দমের জন্য রূপঙ্করকে কোলে তোলা কোনো ব্যাপারই নয়। এক তো ও প্রায় সাড়ে ছয় ফুট লম্বা, ওজন একশো দশ কেজি, আর বেশ বলিষ্ঠ চেহারা, উল্টো দিকে রূপঙ্কর ছয় ফুটের একটু কম হাইট হবে আর একদম রোগা হয়ে গেছে। শরীরের ওজন যা ওর তা কেবল হাড়েরই হবে। শরীর ভেঙে গেলেও, গায়ের রং আর মুখের মাধুর্য সেই ছোটবেলার মতন যেন ধরে রেখেছে।

"আপনি ওকে বাথরুমে নিয়ে জান। আমি আসছি" বললো অরিন্দম। তার পর ও নিচে নেমে এল।

"এবার আমরা উঠবো," বলল স্বপ্নিল।

"আরে না না, তা কি করে হয়? এত দিন পর এসেছেন। আজ একেবারে দুপুরের খাওয়া দাওয়া করে বিকালে যাবেন। আমাদের বাড়িতে দুটি ভাত খেয়ে নেবেন। কোনো অসুবিধার কিছু নেই। কোনো কথা শুনছি না আমরা।" অরিন্দমের মা বললেন।

"না না দিদি, আপনাদেরকে বিরক্ত করতে চাইনা আর।" জানালো পারমিতা।

"একদম নয়।" ঢুকতে ঢুকতে বললো অরিন্দম। আজ বিকালের আগে কোনো মতেই যাওয়া যাবে না আপনাদের। এসে যখন পড়েছেন, আমার কথা শুনতে হবে।

"দেখো কি মুশকিল!" বললো স্বপ্নিল।

"রূপ ঘুম থেকে উঠেছে। আপনারা ওর কাছে যান। গিয়ে দেখা করে আসুন। বললো অরিন্দম। এখন নার্স আছে। আর আমি

এবার বেরোব। আজ ভাবছি তাড়াতাড়ি ফিরে আসবো। দুপুরে একসাথে লাঞ্চ করবো। অনেক দিন বাড়িতে লাঞ্চ করা হয়নি।"

"না না আমাদের জন্য, তোমার কাজে কোনো ক্ষতি করো না বাবা।" বলো স্বপ্নিল।

"না না সেরকম কিছুই নয়। আমারও ইচ্ছে হচ্ছে আজ দুপুরের খাবার বাড়িতে খাওয়া।" বললো অরিন্দম।

****

কদিন ধরেই অরিন্দমের মনের মধ্যে একটা দ্বন্দ্বের সৃষ্টি হয়েছে। এতদিন এক জিঘাংসা আর প্রতিশোধের তাড়নায় নিজের বাবাকে অজ্ঞাতবাসে রাখার ফলে ওর বাবার স্মৃতিভ্রম হওয়া আর তার শারীরিক অবনতি হওয়া অরিন্দমকে যেন দিন প্রতিদিন দগ্ধ করছিল। এতদিন সে তা জোর করে চাপা দিয়ে রাখলেও, রূপঙ্কর তার কাছে ফিরে আসার পর যেন অরিন্দম আর সেই মানসিক চাপ নিতে পারছিল না। ওর মন ওকে বার বার বলছিল যে বাবাকে শাস্তি যা ও দিয়েছে সেটা অনেক হয়ে গেছে। তার ওপর ওনার এখন বয়স হয়েছে। এখন ওনার যদি কিছু হয়ে যায় তো নতুন করে সব সামাল দিতে হবে। এমনিতে ছয় বছর অজ্ঞাতবাস কিছু কমও নয়। তাই এবার ওনাকে সবার মধ্যে ফিরিয়ে আনা উচিত। ওনাকে যে ডাক্তার দেখছিল তিনি সব ব্যবস্থা করে

দিয়েছিলেন ওনার নিজের নার্সিং হোমে। অরিন্দম ঠিক করলো এখনই বাড়িতে কিছু বলা যাবে না। আগে বাবা সম্পূর্ন সুস্থ হয়ে উঠুক তারপর পুরো বিষয়টি বাড়িতে সবার সামনে উপস্থাপন করবে।

এমনিতে বাবা এখন নার্সিং হোমে ভালোই আছে আর যত্নে আছে। এখন ওর পুরো ধ্যানজ্ঞান হলো ওর রূপকে সারিয়ে তোলা। এমনিতে রূপ শারীরিক ভাবে অনেকটাই সুস্থ হয়ে উঠেছে। ভুল ট্রিটমেন্টের জন্য আর অত্যাধিক ওষুধ-ইনজেকশনের ফলে তার গায়ে হওয়া ঘায়ের থেকে হওয়া দাগগুলো প্রায় সেরে এসেছে। এখন শুধু ওকে মানসিক ভাবে সুস্থ করে তুলতে হবে। আর সেটাই কঠিন ও ধৈর্যের।

অধ্যায় ১৮
রিকাউন্সেলিং

অরিন্দম ডক্টর সূচন্দ্রিমার কাছে এসেছে রূপঙ্করের ব্যাপারে কথা বলতে। ডক্টর সূচন্দ্রিমা এখন আর চেম্বার করে বসেন না। এত দিনে উনি ডক্টরেট করে ইউনিভার্সিটির একজন প্রফেসর, এবং এক উচ্চপদে আসীন। তবে ওনার পুরানো বেশিরভাগ পেসেন্টদেরকে মনে রেখেছেন। তার মধ্যে রূপঙ্করও একজন। যদিও রূপঙ্করকে বেশি দিন দেখেন নি। বোধহয় তিন কি চার বার রূপঙ্করকে নিয়ে বসেছিলেন। তবে ওনার মনে হয়েছে রূপঙ্করের চেয়ে ওর মায়ের কাউন্সেলিং-এর প্রয়োজন বেশি ছিল। উনি সব কিছু নিয়ে এত জেনে বুঝে ফেলেছেন যে ওনার কারোর কথা শোনার মতন আর ধৈর্য নেই। যত বারই রূপঙ্করকে নিয়ে বসেছেন, ওর মা নিজের মতামতকে নিজের ছেলের ওপর আর সূচন্দ্রিমার ওপর বসানোর চেষ্টা করে গেছেন। শেষমেশ ওরা আর রূপঙ্করকে নিয়েও আসেনি বা ওর সম্বন্ধে কিছু জানায়ওনি।

অরিন্দম অনেক খোঁজাখুঁজি করে ডক্টর সূচন্দ্রিমার বাড়ির ঠিকানা ও ফোন নম্বর জোগাড় করে, ওনার কাছে একটা অ্যাপয়েন্টমেন্ট নিয়ে এসেছে। রূপঙ্করের ব্যাপারে সব জেনে খুব কষ্ট পেলেন প্রথমে। তারপর উনি যতটা দেখেছিলেন আর ট্রিটমেন্ট করেছিলেন তার একটা বিবরণ দিলেন।

-আচ্ছা, রূপঙ্কর কি এখন কোনো ট্রিটমেন্টে আছে? কার তত্ত্বাবধানে?

-Psyciatrist Prof. Dr. Subhronil Sen, Institute of Health and Mind

-উনি আমার স্যার ছিলেন। এখনো নিয়মিত দেখছেন? অনেক বয়স হলো তো ওনার।

-হ্যাঁ, তবে নিয়মিত দেখেন না। ওনার অ্যাসিস্টেন্ট Dr. Indrashis দেখেন। উনি পরামর্শ দেন।

-খুব ভালো। তুমি সঠিক জায়গায় গেছো। তবে আমি তোমাকে সরাসরি কোনো ডকুমেন্ট তো দিতে পারব না। আমি স্যারের email-এ আমার তখনকার পর্যবেক্ষণ আর মতামত পাঠিয়ে দেব।

-অনেক ধন্যবাদ ম্যাডাম। আমি আপনার কাছে এসে অনেকটা ভরসা পেয়েছি।

-কি বলতো অনেক বছর হয়ে গেছে, তার ওপর যা শুনলাম তোমার কাছে, যে পুরোটাই একটা ভুল ট্রিটমেন্টে চলেছে ওর ওপর। কত সময় লাগবে বলা খুব মুশকিল। হয়তো ও কালও ঠিক হয়ে যেতে পারে কোনো দৈব বলে আবার হয়তো এই রকমই থেকে গেল। সবটা নির্ভর করছে, ও কিভাবে নিচ্ছে আর কতটা নিচ্ছে। তোমাকে ধৈর্য ধরে রাখতে হবে।

-আমি ওর জন্য আমার বাকি পুরোটা জীবন দিয়ে ওকে আগলে রাখব। এতটুকু আমি বলতে পারি। আপনাকে কি বলে যে ধন্যবাদ জনাব তার ভাষা আমার জানা নেই। আপনি যে আমাকে সময়টুকু দিলেন আর রূপের, মানে রূপঙ্করের জন্য চেষ্টা করবেন বলেছেন এতেই আমি কৃতজ্ঞ।

-তুমি ওকে খুব ভালোবাসো ওকে, তাই না!

-আমার নিজের জীবন আমার রূপের জন্য আমি হাসতে হাসতে দিয়ে দিতে পারি। আবার ওর কেউ কোনো ক্ষতি করলে তাকেও আমি নির্দ্বিধায় পৃথিবী থেকে সরিয়ে দিতে পারি।

-অত কিছু করতে হবে না। তবে এটা তুমি খুব ভালো কাজ করেছ যে রূপঙ্করকে তোমার কাছে নিয়ে এসেছ। আর যতটা বুঝলাম, ও কিন্তু মুখে কিছু প্রকাশ না করলেও, তোমাকে কাছে পেয়ে ভালো আছে।

অরিন্দমের ঠোঁটে হালকা হাসি ফুটে উঠলো।

-ওর সাথে বেশি করে সময়ে কাটাও। ওর সাথে গল্প করো। পুরানো ছবি দেখাও। আর একটু ফিজিক্যাল এক্সারসাইজ করাও।

অরিন্দম মাথা নেড়ে সায় দিলো। তারপর নমস্কার করে উঠে এলো।

****

...[অঞ্জলির আর কারোর ওপর কোনও বিশ্বাস বা ধৈর্য রাখা সম্ভব হচ্ছিল না। তার মধ্যে ওর নিজের দাদার উসকানি।রোজই প্রায় নিত্য নতুন ডাক্তারের খোঁজ, ওষুধপত্রের খোঁজ, কখনো ইন্টারনেটে তো কখনো বিভিন্ন কাগজ বা ম্যাগাজিনে চলতে লাগলো আর তার সাথে রূপঙ্করের ওপর মারধর, বকা ঝকা, এগুলোর কোন বিরাম ছিল না।। ধীরে ধীরে রূপঙ্কর একটা গিনিপিগ হয়ে পড়ল ওষুধ আর ইনজেকশনের বন্যায়। আর সবার শেষে তানত্রিক, ঝাড়ফুঁক, তাবিজ কবচ ইত্যাদি। এই সব কিছু করেও যখন রূপঙ্করকে পাল্টানো গেল না, তখন ঘরে বন্ধ করে রেখে দেওয়া শ্রেষ্ঠ বলে মনে হলো।

সত্যি বলতে কী, তখন অঞ্জলি নিজে প্রায় একটা মানসিক রোগীতে পরিণত হয়ে পড়েছিল, নিজের দাদা বাদে কাকুকে বিশ্বাস করতে পারছিলনা। ওর দাদাই বলতে গেলে ওদের চালিত করতে লাগলেন। কি করতে হবে, কার পরামর্শ নিতে হবে, কোন ডাক্তার ভালো, কোন ওষুধ চলবে সব অঞ্জলির দাদা ঠিক করছেন আর অঞ্জলি অক্ষরে অক্ষরে পালন করে যাচ্ছে। এই নিয়ে সংসারে অশান্তিও কিছু কম হতো না। আর যত অশান্তি তত মারধর ছেলের ওপর। শেষমেষ স্বপ্নিল আর ওর দিদি হাল ছেড়ে দিল। স্বপ্নিল প্রায় অসহায় প্রাণীর মতন নিজের ছেলে ও বউকে দিনের পর দিন শেষ হয়ে যেতে দেখতে লাগল।

সব শেষে, যখন অঞ্জলি আত্মহত্যার পথ বেছে নিল, রূপঙ্কর তখন পুরোপুরি একটা জীবন্ত মৃতদেহে পরিণত হয়ে গেছে। স্বপ্নিলেরও আর চাকরি করা হল না, ও ভি.আর.এস. নিয়ে বাড়িতে বসে গেল। নেহাত সরকারী চাকরি, তাই পেন্সনটুকু শেষ সম্বল হয়ে পরে রইল ওদের। আত্মীয়স্বজন, প্রতিবেশী, বন্ধুমহল সবার থেকে যেন আলাদা হয় পড়ল। অ্যাপার্টমেন্টে কেউ কথা বলে না, সবাই একটু এড়িয়ে চলে, আত্মীয়স্বজন সম্পর্ক রাখার ব্যাপারে পরিষ্কার না করে দিয়েছে, আর বন্ধুবান্ধব তারা নিজেদের কাজ ও পরিবার নিয়ে ব্যস্ত। আর অঞ্জলির সেই দাদাও সরে দাঁড়ালো অঞ্জলির মৃত্যুর পর। শুধু তাই নয়, ছল চাতুরি করে এর মধ্যে এরা যাতে অঞ্জলির বাপের বাড়ির সম্পত্তিতে ভাগ না বসাতে পারে তারও ব্যাবস্থা পাকা করে নিয়েছেন।]...

****

ডক্টর সুচন্দ্রিমার সাথে অরিন্দম যোগাযোগ রেখে চলেছে তারপর থেকেই। সুচন্দ্রিমারও তার পুরানো পেসেন্ট রূপঙ্করকে সুস্থ হয়ে উঠতে দেখার জন্য অপেক্ষায় থাকলেন। সত্যি বলতে কি, উনি রূপঙ্করের মধ্যে অনেক সম্ভাবনা দেখেছিলেন উন্নতি করার। ছেলেটি যেমন মেধাবী তেমনই শান্ত ও বিনম্র। ওনার রূপঙ্করের মায়ের জন্য খুব অনুশোচনা হলো।

না, ভদ্রমহিলা যদি অতটা ভেঙে না পড়তেন তাহলে আজ হয়ত ওনারা একটা সুন্দর জীবন উপহার দিতে পারতেন নিজের ছেলেকে। কি হয়েছে সে যদি আর একজন ছেলেকে ভালোবেসে ফেলেছিল? সত্যি তো ভালোবাসা তো মানুষ দেখে, তার সাথে মনের মিল থেকে, ভালো লাগা থেকে হয়। কে কাকে ভালোবাসবে আর কাকে নিজের মন দেবে তা তো কারোর বলে দেওয়াতে হয় না। আর ভালো লাগা কারোর লিস্ট দেখে হয় না। এটা বলা যেতে পারে যে, 'We Love the person and not the gender'। তবে এত দিনের অভিজ্ঞতায় উনি এটাও জানেন যে অনেক সময় বয়ঃসন্ধির সময়টা খুব ক্রিটিক্যাল। তাকে সেরকম ভাবেই যত্ন নিতে হয়। উনি এরকমও দেখেছেন যে এই বয়সে অনেক ছেলেদের মধ্যে ওপর জনের জেনেটক্যাল টাচ করার, বা সেখানে হিট করার প্রবণতা দেখা যায়। আর সেটা তৈরি হয় যখন তাদের ওপর একটা মানসিক চাপ বাড়ি থেকে তৈরি হয় বা নিজেকে অন্য সবার সামনে ছোট বলে মনে হয়। এইরকম সমস্যাও উনি অনেক সারিয়ে তুলেছেন। অনেক সময় ওই বয়সের ভালো লাগা আর ভালোবাসা একটা মরীচিকা হয় মাত্র আবার কখনো কখনো তা এক গভীর সম্পর্ক তৈরি করে দেয় যা আজিবনকাল বয়ে চলতে হয়।

সূচন্দ্রিমা যেটা বুঝেছিলেন কদিন রূপঙ্করকে কাউন্সেলিং করে, ওর হোমসেক্সওয়ালিটি কোনো ত্রুটি নয় বরং ওর একটি মানসিক অবস্থা। ওকে জোর করে বা ভয় দেখিয়ে কিছু করা যাবে না বা পাল্টানো যাবে না। তবে অনেক সময় পরিবেশ ও পরিস্থিতি অনেক কিছু পাল্টে দেয়। এখন ওকে সম্পূর্ন সহযোগিতা করা উচিত ওর পরিবারের দিক থেকে যাতে ওর পুরো মনটা পড়াশোনার দিকে ঘোরানো যেতে পারে। আর সেটাই হবে রূপঙ্করের একমাত্র ট্রিটমেন্ট। কিন্তু ওর মা পুরো উল্টো পথে গিয়ে সব নিজের হাতে নষ্ট করে দিলেন। তবে অরিন্দমের সাথে দেখা হওয়ার পর আর তার সাথে কথা বলার পর উনি এটাও বুঝতে পারলেন যে দুজন দুজনকে সত্যি খুব ভালোবাসে। শুধু তাই নয়, দুজনের বন্ধুত্বও অনেক গভীর, স্বার্থহীন ও নির্মল। ওদেরকে ওই ভাবে জোর করে আলাদা করা একটা বিরাট ভুল ছিল তাদের পরিবারের দিক থেকে। উনি এটাও বুঝতে পারলেন যে অরিন্দমের বাবা নির্বোধের মতন কাজটি করেছিলেন, নিজের ছেলের সমকামিতার বিষয়টি জানতে পেরে, ওদের সামনে পুরো বিষয়টা রূপংকরের বাবা মায়ের সাথে আলোচনা করতে গিয়ে।

অরিন্দম ডক্টর ইন্দ্রাশিসের কাছে যেমন রূপঙ্করকে দেখাচ্ছিল তেমনি চলল, তার সাথে-সাথে ম্যাডাম সূচন্দ্রিমার কাছেও নিয়ে গেল রূপঙ্করকে। বলতে গেলে, ওনারা কেউই কোনো ওষুধ দেওয়ার পক্ষপাতী নন, তার চেয়ে যত্ন, ভালোবাসা আর পরিচর্যাতেই জোর দিতে বললেন। এতে একটু ধৈর্য ধরে থাকার প্রয়োজন। অরিন্দমও ওনাদের পরামশ অক্ষরে অক্ষরে পালন করে গেল।

****

"অরু! অরু! কোথায় তুই? দেখ আমি এসেছি তোর কাছে। কতদিন পর তোকে ডাকতে পারছি। তোকে আমি ভালোবাসি। অনেক অনেক ভালোবাসি। সেই কবে থেকে ভালোবাসি। এক দিনের জন্য আমার ভালোবাসা কম হয় নি।" অরিন্দমের হঠাৎ ঘুম ভেঙে গেল। পাশে রুপঙ্কর ঘুমোচ্ছে।

অরিন্দমের কদিন ধরে যেন তার রুপকে কাছে পাওয়ার, দুজনে এক হওয়ার একটা তীব্র বাসনা ফুটে উঠেছে মনে। আজ যেন তারই পার্শ্ব প্রতিক্রিয়া ওর স্বপ্নে দেখতে পেলো। উঠে বসলো, সারা ঘরটা হাল্কা নীলাভ, একটা ধূসর নীল রঙের নাইটল্যাম্পের আলো জ্বলার জন্য। মাথার কাছে রাখা টেবিলের ওপর থেকে জলের গ্লাসটা তুলে নিল আর এক চুমুকে পুরো জলটা খেয়ে নিল। কিছুটা ওর গায়ে পড়ে জামাটা আর বারমুডাটা ভিজিয়ে নিচের দিকে গড়িয়ে গেল। অরিন্দম নিজের জামাটা খুলে রাখলো টেবিলের ওপর। ওটা অনেকটাই ভিজে গেছে। ঘরটা বেশ ঠান্ডা হয়ে আছে। তবু অরিন্দম রিমোটটা নিয়ে এসি-র তাপমাত্রা আরো একটু কমিয়ে দিল। ওর শরীরের আর মনে যেন এক উত্তেজনা যেন বেড়েই চলেছে। একটা তীব্র যন্ত্রনা। পাশে শুয়ে থাকা রুপকে ভালো করে লক্ষ্য করছিল। আস্তে করে রুপের কাছে এগিয়ে গিয়ে জড়িয়ে ধরলো অরিন্দম। ওর শরীরে এখন যেন এক প্রচন্ড উত্তাপ। একমাত্র ওর রুপই পারবে তা কমাতে। ও রুপের ওপর থেকে চাদর সরিয়ে ফেললো আর তারপর ধীরে ধীরে তার জামা ও

পায়জামাও খুলে দিল। এই নীলাভ আলোয় রূপকে যেন আরো সুন্দর, আরো কোমল, আরো মোহময় মনে হচ্ছিল। অরিন্দম আর নিজের ওপর কন্ট্রোল রাখতে পারছে না। আজ ওর রূপকে নিজের মতন করে চাই-ই-চাই। তাতে রূপ সাড়া দিক আর না দিক। শান্ত নিস্তব্ধ পরিবেশটা যেন অরিন্দমকে আরো উত্তেজিত, আরো কামুক করে তুলেছে। এত বছরের সংযম, নিজের ইচ্ছর প্রতি উদাসীনতা যেন আজ ভেঙে খানখান হয়ে যাচ্ছে। ওর নিজের হৃদয়ে স্পন্দন যেন এক কামুক সংগীত তৈরি করেছে পুরো ঘরটা জুড়ে। ওর কখনো মনে হচ্ছে রূপকে কোলে তুলে বিছানা থেকে মেঝেতে নেমে আসুক। আবার কখনো মনে হচ্ছে রূপকে জাগিয়ে তুলুক।

মুহূর্তের মধ্যে ওর নিজের অবশিষ্ট বস্ত্রটি খুলে ফেলে দিলো ঘরের কোণে। তারপর উঠে এলো রূপঙ্করের ওপর। হঠাৎ সৃষ্টি হওয়া চাপের বশে রূপঙ্করের ঘুম ভেঙে গেল, নিজের ওপর শোয়া অরিন্দমকে সমস্ত জোর দিয়ে সরাতে চেষ্টা করলো। কিন্তু অরিন্দমের গায়ের জোরের কাছে ওকে পরাস্ত হতে হলো।

"অরু কি করছিস!" ব্যাস এই টুকুই বলতে পারল সে। ততক্ষনে অরিন্দম ওর ঠোঁট চেপে দিয়েছে নিজের ঠোঁট দিয়ে। রূপঙ্কর যেন স্বাভাবিক অবস্থায় ফিরে এসেছে। ও সরানোর চেষ্টা করে গেল অরিন্দমকে নিজের ওপর থেকে বারবার। কিন্তু অরিন্দমের যেন আজ জেদ চেপে আছে। কোনো কিছুই সে দেখতে চাইছে না, বুঝতে চাইছে না। অরিন্দম রূপঙ্করের পা দুটো ওপরে তুলে ধরলো। একটা তীব্র যন্ত্রনা যেন বিঁধে ফেললো দুজনকে। একবার রূপঙ্কর মনে-মনে বললো যেন অরিন্দমকে, *না! করিসনা*

অরু। তোকে আমি ঘৃণাও করতে পারব না, তোর ওপর রাগও করতে পারব না।

অধ্যায় ১৯
পুনর্মিলন

"এখন কেমন আছেন বাবা?" ডাক্তারকে জিজ্ঞাসা করলো অরিন্দম।

সুবিমল বাবু মাস খানেক হলো হসপিটালে এডমিট। ডাক্তাররা ওনাকে অবজার্ভেশনে রেখেছেন।

-এখন অনেকটাই সুস্থ।

-নিজেকে চিনতে পারছেন? কাউকে দেখার জন্য ডাকছেন?

-চিনতে পারছেন, নিজের নাম বলছেন। কারোর সাথে দেখা করার কথা বলেন নি একবারও।

-ঠিক আছে।

–আপনি কি দেখা করতে যাবেন?

–না। যদি কারোর কথা বলেন তো আমাকে জানাবেন।

এই বলে অরিন্দম ওখান থেকে বেরিয়ে গেল। সুবিমল বাবু হাসপাতালের বেডে শুয়ে ভাবছেন, কোথাও একটা খুব ভুল হয়ে গেছে তার জীবনে কিন্তু মনে করতে পারছেন না।

"আপনি কিছু বলবেন?" ওখানে থাকা এক নার্স তাঁকে জিজ্ঞাসা করল।

–না। জল খাবো একটু।

–ঠিক আছে। এনে দিচ্ছি।

সুবিমলবাবু ভাবতে লাগলো, তার বাড়িতে কে কে আছে? তারা কোথায়? কি নাম তাদের?

আজ দুপুরে অরিন্দম বাবার কাছে এসেছে খাবার নিয়ে। গত কাল রাতে খাওয়ার টেবিলে বলে আজ ও বাড়ির রান্না করা খাবার নিয়ে যাবে অফিসে। তার বাবার পছন্দের খাবার, যা ও জানে, তাই বলে তৈরি করিয়েছে। সেই মতন অফিস থেকে লোক পাঠিয়ে খাবার নিয়ে চলে এসেছে হাসপাতালে। এমনিতে মনটা আজ একটু ভালো নেই। বেশ অন্য মনস্ক দেখাচ্ছে। খাবারটা নিয়ে বাবার রুমে চলে এল সোজা। তার পর নার্সকে বলে টেবিল রেডি করতে বললো। খাবারগুলো থালা বাটিতে সাজিয়ে তুলছিল এমন সময় সুবিমল বাবু ওর দু হাত চেপে ধরলেন।

-অরিন্দম, কেমন আছো বাবা?

অরিন্দম একটুর জন্য থতমত খেয়ে স্থির হয়ে গেল।

-বাবা চিনতে পেরেছো আমাকে?

-হ্যাঁ বাবা। চিনতে পেরেছি। আর তার সাথে আমার সব ভুল বুঝতে পেরেছি বাবা। আমাকে ক্ষমা করে দাও। তোমাদের ওপর আমি অনেক অন্যায় করেছি। তোমার মা আমার জন্য সারা জীবনের জন্য আজ বিছানায় শয্যাশায়ী। পারবে তো আমাকে ক্ষমা করতে তোমরা?

-তুমি খেয়ে নাও বাবা। দাঁড়াও আমি তোমাকে থাইয়ে দি।

নার্স দেখলো বাবা ছেলে দুজনেই হাউ-হাউ করে কাঁদছে।

****

আজ রাতে অরিন্দম রুপঙ্করের ঘরে না শুয়ে নিজের রুমে এসেছে ডিনার সেরে। আসলে রাতের ঘটনার পর ও নিজেকে ক্ষমা করতে পারছে নাম ও যা করেছে রুপঙ্করের সাথে, যেখানে ও জানে সে কতটা অসুস্থ তা এক কথায় ধর্ষণ। ও নিজের রুপের সাথে এরকম কি করে করলো? নিজের উত্তেজনার বশে কেন এরকম করলো? নিজের মনে মনে ধিক্কার জানাচ্ছিল। কি করে রুপের সামনে গিয়ে দাঁড়াবে? সে অসুস্থ, তাকে যে ও নিজের প্রানের চেয়েও বেশি ভালোবাসে। ওর কাছে না গিয়েও তো ওর স্বস্তি নেই। এই ভেবে বিছানায় উলট পালট করছে এমন সময় ওর রুমের বাইরে একটা কিছু পড়ার শব্দ শুনলো আর সঙ্গে সঙ্গে বিছানা থেকে উঠে বাইরে বেরিয়ে এলো।

-একি রুপ! তুই এখানে? কি করে এখানে এলি? আর তুই কী পড়ে গেলি? বেশ জোর শব্দ হল একটা! লাগেনি তো কোথাও তোর?

-অরু তুই আজ আমার কাছে আসিসনি কেন? আমাকে একা ছেড়ে দিলি?

-রূপ তুই আমাকে চিনতে পেরেছিস! আর একবার ডাক আমার নাম ধরে। রূপ ডাকনা প্লিজ। তোর মুখে আমার নাম শুনবো তা আমি ভাবতেই পারছি না।ওঠ ওঠ। এই ঘরে আয়।

এই বলে রূপঙ্করকে কোলে তুলে নিজের ঘরে নিয়ে এলো। তারপর বিছানায় শোয়ালো অরিন্দম।

সকাল থেকেই অরিন্দমের মনে একটা গ্লানি কাজ করছিল। গত কালের উত্তেজনার বশবর্তী হয়ে রূপঙ্করের সাথে করা সেক্স ও ঘুম থেকে ওঠার পর থেকেই মেনে নিতে পারছিল না। তাই নিজেকে বার বার ধিক্কার জানাচ্ছিলো অরিন্দম। যখনই মনে পড়ছিল রাতের ঘটনাটা, ওর মনে হচ্ছিল ওকে ওর অন্তর মন যেন চাবুক মারছে। এত বছর নিজেকে অরিন্দম একটা খোলসের মধ্যে যেন আটকে রেখেছিল। একটাই উদ্দেশ্য, প্রতিহিংসা আর একটাই লক্ষ্য, শাস্তি। কিন্তু রূপকে ফিরে পাওয়ার পর যেন সব পাল্টে গেল। ওর জীবনের একটাই ধ্যান জ্ঞান, ওর রূপকে সুস্থ করে তোলা। ওকে আবার একটা স্বাভাবিক জীবন ফিরিয়ে দেওয়া। কিন্তু কাল রাতে যেন ওর সব বাঁধ ভেঙ্গে গিয়ে শুধু একটা আকাঙ্খা প্রকট হয়ে উঠলো। রূপকে পেতে হবে, আজ আর এক্ষুনি। ওর শরীর মন সব জুড়ে যেন এক ঝড় উঠেছিল। আজ আর এক্ষুনি ওরা মিলিত না হতে পারলে আর কোনো দিন হতে পারবে না।

ওদিকে অরিন্দমের ভালোবাসা হোক বা শরীরের চাহিদা, তাতে রূপঙ্করের যেন সম্বিত ফিরে এসেছে। রাতে ওদের শরীরের যৌন মিলন যেন ওকে বাস্তব জগতে নিয়ে এসেছে। প্রথমে ও অরিন্দমকে চিনতে পারেনি কিন্তু ওর স্পর্শ, ওর শক্ত বাহু বন্ধন যেন সেই অতীতের ভালোবাসার বন্ধুকে সামনে এনে দাঁড় করিয়ে দিয়েছে। ওর নিজের সমকামিভাব, অন্য আর এক পুরুষের শরীরের ছোঁয়া সব যেন ওকে চিনিয়ে দিছে সেই পনেরো বছরের আগের রূপঙ্করকে।

-তুই একা একা উঠে এলি কি করে?

-কেন যেমন করে সবাই ওঠে। ঠিক মতন হাঁটতে বা বেশিক্ষন দাঁড়িয়ে থাকতে অসুবিধে হচ্ছে। তাই তো পড়ে গেলাম তোর রুমের সামনে।

অরিন্দম কোথায় যেন হারিয়ে গেছিল। রূপঙ্কর ওর নাম ধরে ডাকলো।

-অরু, এই অরু! কি এত ভাবছিস?

-আর একবার আমার নাম ধরে ডাকনা রে রূপ। কতদিন এই নামটা শুনি নি। তোর মুখে এই নামটা শোনার জন্য, তোকে জড়িয়ে ধরবার জন্য কত ছটপট করেছি।

-অরু, আমার অরু। বল কতবার বলবো বল?

-তুই একটু জল খা আগে। হাঁপাচ্ছিস।

বলে অরিন্দম রূপঙ্করকে জলের গ্লাস এগিয়ে দিল।

-নিজে খেতে পারবি? দাঁড়া আমি ধরি। আমি এখনো বিশ্বাস করতে পারছি না যে তুই আমার সামনে নিজে থেকে বসে আছিস। হ্যাঁ রে আমি স্বপ্ন দেখছেন তো?

-হ্যাঁ হ্যাঁ আমি নিজেই তোর কাছে এসেছি। আমিই তোর রূপ, তোর সামনে বসে আছি।

-তুই আমাকে ক্ষমা করে দে, রূপ। বল পারবি না আমাকে ক্ষমা করতে। আমি.. আমি অনেক বড় ভুল করে ফেলেছি। আমি অন্যায় করেছি। আমার শাস্তির দরকার। তুই আমাকে শাস্তি দে।

কিন্তু আমাকে দূরে সরিয়ে দিস না। তাহলে আমি কিন্তু আর বাঁচতে পারবো না।

-তুই কোনো ভুল করিস নি, কোনো অন্যায় করিস নি অরু। তুই আমাকে ভালোবাসিস না! বল? ভালোবাসায় কোনো ভুল হয়? যেটা হয়েছে সেটা একটা স্বাভাবিক মুহূর্ত।

-কিন্তু আমি যে তোর অসুস্থতার সাহায্য নিয়ে তোকে জোর করে সেক্স করতে বাধ্য করেছি রূপ! এক কথায় ধর্ষন করেছি তোকে। এর কোনো ক্ষমা হয় না। আমি নিজেকে ক্ষমা করতে পারছি না। শেষ পর্যন্ত তোকে আমি ব্যাথা দিলাম, কষ্ট দিলাম, যন্ত্রনা দিলাম।

এই বলে অরিন্দম রূপঙ্করকে জড়িয়ে ধরে কাঁদতে লাগলো।

-কাঁদিসনা অরু। তাকা আমার দিকে। আমার কোনো ব্যাথা লাগে নি। না মনে, না শরীরে। আমি সত্যি বলছি। দ্যাখ, তাকা না আমার দিকে। এই অরু!

এই বলে দুজনে দুজনকে জড়িয়ে ধরলো।

অধ্যায় ২০
জীবনের নুতন অধ্যায়

স্বপ্নিল আর পারমিতা ইন্দ্রানীর ফোন পেয়ে ছুটে এসেছেন সকাল-সকাল। আজ বাড়িতে যেন একটা উৎসবের মেজাজ। রূপঙ্কর যে সম্পূর্ণ সুস্থ আর স্বাভাবিক তা যেন কোনো অলীক। ইন্দ্রানী তো বুঝে উঠতে পারছেনা কি করবে আর কি না করবে। ও বিশ্বাসই করতে পারছেনা, রূপ দাদা সম্পূর্ণ সুস্থ হয়ে গেছে।

-আমি কিন্তু বাড়িতে একটা বড় পার্টি চাই, বলেদিচ্ছি দাদা।

-আরে দাঁড়া। এখন অনেক কাজ আছে। আমায় রূপকে নিয়ে Dr. Indrashis-এর কাছে যেতে হবে। আমার ওনার সাথে ফোনে অলরেডি কথা হয় গেছে। ম্যাডাম সুচন্দ্রিমাকেও ফোনে জানানো দরকার।

অরিন্দম মায়ের ঘরে এসেছে। সেখানেই কথা হচ্ছিল।

-রূপঙ্কর এখন কোথায়? কী করছে?

-ও ঘুমোচ্ছে আমার ঘরে, মা।

-আচ্ছা। ওকে ডিসটার্ব না করাই ভালো। তা ডাক্তারবাবু কখন যেতে বলেছেন?

-বেলার দিকে গেলেই হবে। উনি থাকবেন।

-খুব ভালো কথা। যাক বাবা। একটা পাথর নামলো মনের ওপর থেকে। মহাদেবের আশীর্বাদ আর কৃপায় সম্ভব হলো বাবা। বাবু, তুই কালীঘাটে মায়ের কাছে পুজো দিয়ে আসবি? আমার মানসিক রাখা ছিল।

"তুমি আবার কবে মানসিক রাখলে?" জিজ্ঞেস করলো ইন্দ্রানী।

-যেদিন বাবু রূপঙ্করকে নিয়ে এবাড়িতে এলো, সে দিনই রাখা।

"নিশ্চয়ই যাবো। তুমি বলেছ আর আমি সে কাজ করি নি, তা কি কোনো দিন হয়েছে? আমার আর একটা কাজ বাকি আছে। মা আমি তোমার কাছে অপরাধী। কিন্তু আজ আমি সেই

অপরাধ শুধরে নেব। তুমি আমাকে ক্ষমা করে দিও।" এই বলে অরিন্দম মায়ের পায়ের কাছে বসে পড়লো।

-কি হয়েছে? এমন কী করেছিস বাবু তুই?

আমাকে আগে সব পরিষ্কার করে বলতে দাও। তারপর একটু ধীর স্থির হয়ে সব গুছিয়ে বললো সে। ওর বাবার মিথ্যে মৃত্যুসংবাদ থেকে শুরু করে তাকে জোর করে আটকে রাখা এত বছর। তারপর বাবার স্মৃতিভ্রম হওয়া।

-তুই কাকুর সাথে এরকম করতে পারলি অরু? ছি: শুনে আমার কতটা খারাপ লাগছে আর নিজেকে অপরাধী বলে মনে হচ্ছে তা যদি তোকে দেখতে পারতাম। রূপঙ্কর কখন ওই ঘরে এসে পড়েছে, কেউ টের পেল না।

-তুই কখন এলি? নিজে দোতলা থেকে একা নেমে এলি? যদি সিঁড়ি দিয়ে নামার সময় পড়েযেতিস?

-তুই কথা ঘোরাবার চেষ্টা করিস না। আমি কি পারতাম না জোর করে প্রতিবাদ করতে? কিন্তু করিনি কারণ বাবা মা গুরুজন, ওনাদের মনে আঘাত দিয়ে কোনো কাজ করা অপরাধ। তুই এটা একদম ঠিক করিস নি।

-রুপু দাদা তুমি একটু বসো আগে। কেমন হাঁপাচ্ছো।

-আমি ঠিক আছে বোন।

"উনি এখন কোথায়? এখন কেমন আছেন?" জিজ্ঞেস করলেন অরিন্দমের মা।

.

"এখন ভালো আছেন। সুস্থ আছেন। আজ ছুটি দেবে বাবাকে। আমি একটু পরে গিয়ে নিয়ে আসবো।" বললো অরিন্দম।

"আমিও যাবো দাদা তোর সাথে।' বললো ইন্দ্রানী।

"আমাকে নিয়ে যাবি অরু?" বললো রুপঙ্কর।

"তোরা যাবি আমার সাথে? তাহলে খুব ভালো হয়।"

অরিন্দমের মায়ের দু চোখ দিয়ে জল গড়িয়ে পড়ল। অরিন্দম উঠে গেল মায়ের কাছে। "আমাকে ক্ষমা করে দাও মা। আমি তোমার কাছে অন্যায় করেছি।"

-না বাবা। রাগের বশে মানুষ ভুল করে ঠিকই, তবে তা বুঝে শুধরে নিলে তা অন্যায় হয় না। যাও তোমার বাবাকে বাড়ি নিয়ে এসো।

দরজায় বেলের আওয়াজ হলো। মনে হয় কাকু আর পিসিমনি এসে পড়েছেন। বললো ইন্দ্রানী।

-চল আমিও যাই।

স্বপ্নিল অরিন্দমকে জড়িয়ে ধরে কাঁদছে। "তোমাকে কি বলে যে ধন্যবাদ দেব বাবা জানি না। দীর্ঘজীবী হও বাবা। অনেক উন্নতি করো আর আমার রুপুকে দেখো। ও তোমারই। আমরা কেউ ওকে তোমার থেকে আর কেড়ে নেব না।"

রুপঙ্করের পিসি রুপঙ্করকে বুকে টেনে নিয়ে আদর করছেন, "তোমাকে যে আমরা আমাদের এই জীবনে সুস্থ দেখবো সেই আশা ছেড়ে দিয়েছিলাম যদি না অরিন্দমকে আবার পেতাম।"

****

সবাই একসাথে খাওয়ার টেবিলে বসেছে সকালের জলখাবার সারতে। অরিন্দমের মা এখন হুইল চেয়ারে বসতে পারেন ও ঘোরা ফেরা করতে পারেন। ওনার দেখাশোনার জন্য সুমিতাদি তো আছেনই। অরিন্দমের বাবা, সুবিমল বাবুও তাঁর পুরো সময় দেন । রুপঙ্কর এখন পুরোপুরি সুস্থ। তবে একটু দুর্বল, শরীরের দিক দিয়েই। একটু আস্তে হাঁটাচলা করে, কথাও খুব কম বলে আর খুব আস্তে কথা বলে। তবে অরিন্দম ওকে সব সময় আগলে রাখে আর রুপঙ্করও অরিন্দমের কথা শুনে চলে।

খাওয়ার টেবিলে অরিন্দমের কাছ ঘেঁষে বসেছে রুপঙ্কর। অরিন্দমের আর একদিকে ওর বোন। এছাড়া অরিন্দমের মা, বাবা, সুমিতাদি, রুপঙ্করের বাবা ও পিসি বসেছেন। টেবিলে খাবার সাজানো হয় গেছে আর সুমিতাদি সবাইকে পরিবেশন করে দিচ্ছে।

"আজ বিকালে সবার জন্য একটা সারপ্রাইজ আছে।" বললো অরিন্দম।

"একটা না দুটো", শুধরে দিলো, ওর বোন।

"কি! কি সারপ্রাইজ!" প্রায় সবাই জিজ্ঞাসা করলো। রুপঙ্কর নিজের খাবারেই মনোযোগ দিয়ে আছে।

"আমার রুপু দাদা এখন পুরোপুরি সুস্থ আর তার ..."

অরিন্দমের বোন উঠে গিয়ে রুপঙ্করকে জড়িয়ে ধরে বলা শুরু করেছিল সবে। অরিন্দম ওর হাতটা টিপে দিলো।

"না, সারপ্রাইজ আগে বলে দিলে মজাটা থাকে না।" বললো অরিন্দম।

"ঠিক ঠিক।" সবাই সায় দিলো। "আমরা অপেক্ষা করবো।"

অরিন্দম রুপঙ্করের কাঁধে হাত দিল ও নিজের দিকে হালকা টান মারলো। "কিরে রূপ, তুই কিছু বল?"

"আমি কি বলবো! তুই আর বোন কি করছিস চুপি চুপি আমি কি জানি?"

"আচ্ছা , আমি এবার বেরোবো। একটা ছোট্ট কাজ আছে অফিসে তা সেরে দুপুরে এক সাথে লাঞ্চ।" বললো অরিন্দম, "রূপ আশা করি তুই এইটুকু সময়ের জন্য বোর হবি না।

"না। বোন আমার সাথে কত গল্প করে, বোর হতে যাব কেন।"

"রূপু দাদা, এবার থেকে আমি কিন্তু তোমার কাছে রিটার্ন গিফ্ট নেব আমার সময় তোমাকে দেওয়ার জন্য। আফটার অল রূপু দাদা তো এখন থেকে..."

"হম্ম, ইন্দু একদম না। তুই দেখছি সব মাটি করে দিবি।" হালকা করে ধমক দিল অরিন্দম। না তোকে সাথে নেওয়াটাই আমার মস্ত বড় ভুল হয়েছে।

"না না, আর বলবো না। এই কান ধরছি।" বললো ইন্দ্রানী।

"ইন্দু তুই গিয়ে একবার ক্রসচেক করে নিস, সব ঠিকঠাক রেডি আছে কিনা।" বললো অরিন্দম। "দেরি হয়ে যাচ্ছে। আমি এবার বেরোব।"

খাওয়ার শেষ করার পর যে যার মতন নিজের নিজের ঘরে চলে গেল। সুবিমল বাবু তার স্ত্রীর হুইল চেয়ারর হাতল ধরে ঘোরালেন।

"আরে আপনি কেন স্যার? আমি নিয়ে যাচ্ছি।" বললো সুমিতা।

"না, তুমি এদিকে দেখো। আমার স্ত্রীকে আমিই নিয়ে যাবো।" বলেন সুবিমল।

স্বপ্নিল আর পারমিতাও উঠে পড়ল ওখান থেকে।

বিকালে একটা ছোট পার্টি বাড়ির সামনের বাগানে। দুপুরেই ডেকোরেটরের লোকজন সব ব্যবস্থা সুন্দর ভাবে করে দিয়েছে। এত অল্প সময়ে কি সুন্দর করে সাজিয়ে তুলেছে ওরা পুরো বাড়িটাকে। সন্ধ্যা হতেই একে একে অতিথিরা এসে উপস্থিত হচ্ছেন। সবার প্রথমে ডক্টর সুচন্দ্রিমা স্যন্যাল ও ওনার স্বামী সুদীপ। তার পর একে একে অরিন্দম ও রূপঙ্করের কিছু বাল্যবন্ধুরা। বাড়ির সবাই তো অবাক। কি হচ্ছে কেউ বুঝতে পারছে না। একে অপরের মুখ চাওয়াচাওয়ি করছে। সুদীপ এগিয়ে এসে স্বপ্নিলকে জড়িয়ে ধরল। "কত দিন পর দেখা হলো বলো বন্ধু!" বললো সুদীপ। "হ্যাঁ, এক যুগ বলা যেতে পারে। "

অরিন্দম ও রুপঙ্করের বন্ধুরা রুপঙ্করকে ঘিরে রেখেছে। তোকে আবার দেখতে পাব কোনো দিন ভাবি নি জানিস। সত্যি তুই অনেক কপাল করার অরিন্দমকে পেয়েছিস ভাই। এ রকম ভালোবাসা আমরা ভাবি নি সত্যিকারের হতে পারে।

পার্টিতে বাড়ির সকলে কে কি পড়বে তা অরিন্দম ও ইন্দ্রানী আগে থেকেই ঠিক করে রেখেছিল। সেই মতন সবাইকে তৈরি করার দায়িত্ব ছিল ইন্দ্রানীর ওপর, শুধু রুপঙ্কর বাদে। কারণ রুপকে তো ওর অরু তৈরি করে আনবে আজকের এই পার্টিতে। এটা যে ওর জন্যে করা। অবশ্য আর একটা কারণও আছে এই পার্টিটার। একটা বিশাল তিন তলা কেক আনা হয়েছে ডায়েসের ওপর। এটা ওয়েডিং এনিভার্সারি কেক, আজ অরিন্দম ও ইন্দ্রানীর বাবা-মার বিবাহ বার্ষিকী।

"তোদের মনে আছে!" সুবিমলবাবু জিজ্ঞেস করলেন।

"এটাই তাহলে সারপ্রাইজ?" জিজ্ঞাসা করলেন স্বপ্নিল ও পারমিতা।

"আর একটা সারপ্রাইজ কি আছে?" সুবিমল জিজ্ঞেস করলো।

ক্রমশ প্রকাশ্য, উত্তর দিলো অরিন্দম। বিবাহ বার্ষিকির কেককটা কাটা হলো। এতক্ষনে সব অতিথিরাই উপস্থিত হয়ে গেছেন। অরিন্দম একটা ফোন করলো। তার পর সবার উদ্দেশে বললো- আপনাদের সবাইকে একবার ডায়েসের কাছে আসতে অনুরোধ করছি। তারপর রূপঙ্করকে ডায়েসে তুললো হাত ধরে। ডক্টর সূচন্দ্রিমাকেও ওপরে আসতে বললো।

আজ আমার কাছে খুব আনন্দের দিন এটা। আমার বন্ধু, আমার ভালোবাসা যাকে আমি হারিয়ে ফেলেছিলাম, তাকে আবার ফিরে পেয়েছি আগের মতন করে। আর আজকের এই ছোট্ট অনুষ্ঠানটাও তারই নামে। আপনারা সবাই জানেন নিশ্চয়ই যে ও কি প্রচন্ড একটা মানসিক যন্ত্রণার মধ্যে দিয়ে গেছে আর তার জন্য আমি কাউকে দোষী সাব্যস্ত করতে যাচ্ছি না, সবই সময়ের খেলা। তবে আজ যে আমার রূপ, আপনাদের সবার রূপঙ্কর, সম্পূর্ণ সুস্থ সেটার জন্য ডক্টর সূচন্দ্রিমা ম্যাডাম আর রূপ দুজনই সাধুবাদ পাওয়ার যোগ্য।

আর ওর এই সাহসিক আর দৃঢ় মনের জোর, আর ধৈর্য্য সেটাকে লিপিবদ্ধ করতে ওর জীবনের এই সংগ্রামকে একটি ফিল্মের আকার দেওয়া হবে। তারই আজ একটা আনুষ্ঠানিক ঘোষণা এবং চুক্তি করা হবে।

আমার রূপু দাদা আজ একজন সেলেব্রিটি। এই বলে ইন্দ্রানী রূপঙ্করকে জড়িয়ে ধরলো।

"আর তারপর তোরা দুজনে কোথায় বেড়াতে যাচ্ছিস এক সাথে, সুইজারল্যান্ড না মরিশাস?" ইন্দ্রানী অরিন্দম আর রূপঙ্করের মাঝখানে গিয়ে জিজ্ঞেস করলো?

"কোথাও না।" রূপের স্কুল ফাইনাল পরীক্ষা দেওয়া কমপ্লিট হয়নি। আগে ওকে উচ্চ মাধ্যমিক পরীক্ষা পাস করতে হবে। জানালো অরিন্দম।

-কচিকাঁচাদের সাথে বসে আমাকে এখন পরীক্ষা দিতে হবে? তার চেয়ে তো সব কিছু ভুলে বেশ দিন কাটছিল আমার। না, সুস্থ হয়ে মোটেই ভালো হলো না দেখছি।

-বালাই ষাট!

সবাই এক সাথে হেসে উঠলো।

"আসুন আপনারা সবাই আমার রূপকে মন থেকে আশীর্বাদ করুন।" বললো অরিন্দম।

~~ সমাপ্ত ~~